JN033793

「……ありがとうございます、リュート様」
そう言って笑うシルフィアに、リュートもまたほほえみを返した。

?
ヴァルティスとティティアの、場の空気に似つかわしくないどこかのんびりとした会話を、集まった人々も、マリリアンヌですらも呆然としながら聞いていた。

お飾り聖女のはずが、真の力に目覚めたようです

杓子ねこ
illust. ボダックス

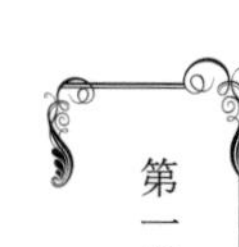

第一章　お飾り聖女

一

神殿の大扉を開けると同時に、視界は真紅の花びらに埋め尽くされた。

「マリリアンヌ様、どうかこの花束を受けとってください。もちろん、あなた様の美しさには敵いませんが……」

さしだされた薔薇の花束に、聖女の白衣をまとった少女はなんともいえない曖昧な笑顔を浮かべた。

「あのう、わたしは、マリリアンヌ様ではないのです。シルフィアと申します」

途端、うっとりとシルフィアを見つめていた騎士の視線が冷ややかなものに変わる。

「ええ？　マリリアンヌ様じゃないのかよ」

「ごめんなさい、わたしはマリリアンヌ様の代理で」

「なんだ、どうりで野暮ったい娘だと思った。この薔薇をマリリアンヌ様に渡しておいてくれよ。俺は騎士団のカーティス・バレクだ。また来るって伝えるんだぞ」

「はい、わかりました」

ぞんざいに花束を押しつけると、カーティスと名乗った騎士は神殿に足を踏み入れることもないまま踵(きびす)を返す。

「あの、お祈りは」

「お前としたって意味がないだろ」

声をかけるシルフィアには見向きもせず、カーティスは立ち去った。

後ろ姿にお辞儀をして、顔をあげたシルフィアはにっこりと笑う。無礼な物言いにいちいち傷つく暇はない。こんなことは日常茶飯事、シルフィアにとっては慣れっこであった。

ここはエルバート王国王都の中心にある神殿で、マリリアンヌはこの神殿を司る聖女である。ただし、マリリアンヌが神殿にいることはめったにない。

「なんて美しい薔薇！」

カーティスの花束を抱え、神殿の奥まったところにある祭壇へと向かう。祭壇の上はほかにも、宝石やドレス、髪飾り、香水など、マリリアンヌへの贈りものであふれている。

マリリアンヌが聖女になってからというもの、天候は穏やかで、領主たちには精霊の加護が与えられ、ふところは潤っているという。だからこれほどに寄進があるのだ。

祭壇の左右の壁にはそれぞれ、赤と青で聖紋が描かれている。

シルフィアは薔薇の花束を両手に抱えると、赤い聖紋の壁へ歩いていき、深々と礼をした。次に青い聖紋の壁にも歩いていき、同じく礼をする。

中央へ戻り、花束を祭壇へ載せると、両手を組んでひざまずく。

「大地の精霊ヴァルティス様、天空の精霊ティティア様に、謹んで捧げます。ご覧ください、真っ赤な薔薇の色。芳しい香りも。植物の根をはる大地に、恵みの雨を降らせる天空に、感謝いたします」

拙い祈りを、シルフィアは口にする。

本当はもっと格調高く、古来より伝わる祈りの言葉があるはずだ。しかし、聖女でないシルフィアにはその知識がない。

「……聖女様」

祈りが終わり立ちあがろうとしたシルフィアの背に、おずおずとした声が届く。ふりむけば、農夫とわかる一人の老人が土埃（つちぼこり）にまみれた姿で立っていた。

老人は伏し拝むようにして両手をすり合わせ、シルフィアに縋（すが）る。

「わたしは聖女では――」

「サマ村から参りました。お助けください。種をまいても、芽の出る先から枯れてしまうのです。これでは税を納めることもできません」

「まあ……」

「精霊の護符をいただこうと、こうしてはるばる……」

「お待ちください」

シルフィアは祭壇の裏手にまわり、飾り戸棚から護符の入った籠をとりだした。護符には壁に描かれたものと同じ聖紋が刻印されている。そのうちからひとつをとって老人にさしだすと、枯れ枝のような顔がぱっと輝いた。

「ありがとうございます――」

「ただし、そのう……寄進が必要なのです。一〇万ベリルの」

護符へのびる手がぴたりと止まる。凍りついたようになる笑顔を見たくなくて、シルフィアは顔をうつむけた。

「そんな……神殿には普段から一〇分の一税を納めているではありませんか」

「はい、ですが決まりでして……」

「寄進はするつもりでした。ここに五万ベリルが……村じゅうからかき集めた金です。これだけしかもう村にはないのです」

その言葉が事実であることは痛いほどわかった。

老人の顔には疲労が色濃く痕を残していた。きっと村からほとんど休みなしでこの王都までやってきたのだろう。銅貨ばかりの布袋はずっしりと重い。それだけ深刻な状況で、潤沢な資金があるはずもない。

「どうか、五万ベリルで護符をゆずっていただけませんか」

「ごめんなさい、わたしは聖女の代理でして……わたしの一存では……」

老人は呆然（ぼうぜん）とシルフィアを眺めた。純白の聖衣は金糸銀糸で縁どりがされているものの、宝石で飾り立てられているわけでもない。目を凝らせばところどころに継ぎを当てたような跡もある。

何より飾りけのない聖衣と同じ、シルフィアの素朴なまなざしが、悲しみの胸のうちを語っていた。

力なくうなだれる老人に、シルフィアはきゅっと眉を寄せた。ちらりと背後の祭壇を見る。天井に据えつけられた明かりとりの窓から差し込んだ光が、マリリアンヌへの豪奢な贈りものの数々を見せつけるように注がれている。

唇を引き結び、シルフィアは老人の手に護符を握らせた。

「どうぞ、これを」

「聖女様」

「本当に困っていらっしゃるのですもの、精霊もきっとお許しになります」

「よろしいのですか？」

「大切なのは気持ちだと思いますから。できるならお金など受けとらずにさしあげたいのですが」

シルフィアが護符を作ることができれば、それも可能なのかもしれない。だが祈りの言葉同様、護符がどのように作られているのかも、シルフィアにはわからない。ただ、できあがったものに向かって、加護がありますようにと祈るだけだ。

護符を伏しいただき、老人は涙を流さんばかりによろこんだ。

「ああ、ありがとうございます。もう安心だ。護符はよく効くと評判です。ありがとうございます」

「畑がよくなりますように。どうぞ精霊のご加護を」

抱え込んでいた布袋をシルフィアへ渡し、かわりに胸元へ護符を大事にしまい込むと、老人は何度も礼を言って帰っていった。その顔には生気が戻っている。

神殿の外まで老人を見送り、笑顔で手を振る。

だが神殿に戻ったシルフィアの表情はさえない。

(わたしがもっといろんなことを知っていれば、もっと皆さんのお役にも立てるのではないかしら)

そんなはがゆさが、シルフィアの胸中を満たしていた。

シルフィア・ハーヴェストはお飾り聖女であった。

本来の聖女であるマリリアンヌが神殿を留守にするあいだ、誰もいないのは外聞が悪いからと、聖衣を着て神殿に常駐している。

そしてなぜマリリアンヌが神殿を留守にしているかといえば――、

「シルフィア！　あたしよ。贈りものを見せてちょうだい」

昼下がり、神殿の入り口に現れた人影がキンキンと鋭い声をはりあげてシルフィアを呼んだ。

「は、はい、マリリアンヌ様」

シルフィアは急いで頭をさげ、彼女を迎え入れると、祭壇へ走った。鮮やかな真紅の髪

に明菫色（ヴァイオレット）のドレスをまとうのは、この神殿の本当の主、マリリアンヌ・ハニーデイルだ。

　マリリアンヌはつかつかと祭壇に歩みより、捧げられた品々を睥睨（へいげい）した。

「ふうん、今日はいいものあるじゃない」

　香水やドレスを選び、連れていた侍女に持たせる。カーティスの贈った薔薇へは、視線を留めただけだった。

「薔薇はいいけど、こんなにいらないわ。じゃまだもの」

「これは騎士団のカーティス・バレク様からです。またいらっしゃるそうです」

「そう。新しい名前ね。この方はあたしに何を買ってくださるかしら。うふ、楽しみだわ」

　花束につけられた名入りのカードをかざし、マリリアンヌは形のよい眉をはねあげて笑う。

「護符は売れたの？」

「はい。代金はこちらに」

　シルフィアは布袋を示した。見るなり、マリリアンヌの顔色が変わるのがわかる。

（よかった、さっきのおじいさんが帰っていて）

　あの場にマリリアンヌがいれば、頑として護符は渡さなかっただろう。

「なによこれ⁉　一〇万ベリルに全然足りないじゃない‼」

「とてもお困りで、村でもこれしか用意できなかったとのことだったので……」

　言い終わらぬうちに、ぱんっと乾いた音がして、シルフィアの頬に熱が走る。

「勝手に安く売ったの？　あたしをバカにしてるの」

聖衣の襟首をつかみ、マリリアンヌは怒りに顔を歪ませながら叩かれた頬を庇うシルフィアを睨みつけた。

「あんた、間違っても自分が聖女だなんて思っていないわよね？　ほんものの聖女はあたし。あんたはただいるだけ、お飾りの代理よ」

「は、はい。もちろんです」

「余計なことはするんじゃないわよ。自分の家がしたことを忘れたの？　働かせてもらえるだけありがたい身分なのよ」

「わかっています……」

「わかっていないじゃない！　護符を安く売ったりなんかして、精霊が怒ったらどうするのよ」

紅を塗った長い爪が首すじに食い込む。

「精霊の怒りを買ったらあんたのせいよ」

恐怖に呻くシルフィアを、マリリアンヌはせせら笑って突きとばした。床に倒れ込んだシルフィアは祭壇を支えになんとか立ちあがる。

「もっとひっぱたいてやりたいところだけど――」

「もう馬車の用意はできたぞ、マリリアンヌ」

神殿の大扉から男が声をかける。以前カーティスと同じようにマリリアンヌに贈りものをしていた彼を、シルフィアは記憶していた。たしか侯爵家の三男で、セドリックといい、金の首飾りを贈っていた。

祭壇にあった髪飾りと宝石を身に着け、マリリアンヌはセドリックにふりむいた。

「似合うかしら？」

「そうやって男を競わせるんだから、君はとんだ聖女だな」

セドリックは肩をすくめて苦笑を浮かべる。

これこそが、シルフィア・ハーヴェストがお飾りの聖女に扮している理由であった。

聖女のマリリアンヌは、第一王子アントニオと婚約している。精霊を祀（まつ）るこの国で国王となるためには、精霊の加護を受ける聖女との婚姻が不可欠だからだ。王太子でありながら、アントニオは彼女の言うことに何も逆らえない。そんなマリリアンヌに媚（こ）びを売っておけばのちのちの役に立つと考える貴族は多かった。

シルフィアは、聖女であるマリリアンヌが〝独身最後の思い出づくり〟を満喫するあいだ、代理で神殿を守り、祈っているのだ。

「マリリアンヌ様、まだひとつ贈りものが……」

「いらないわ、そんなの」

シルフィアが声をあげると、マリリアンヌは手で追い払うような仕草をし、セドリックにしなだれかかりながら神殿を出ていってしまった。

神殿には孤児院が併設されている。祭壇に残されたのは、孤児院の子どもたちが「聖女様に」と持ってきた手作りのクッキーだ。

「おいしそうなのに……」

　ぐうう、とシルフィアのお腹が鳴る。

　外出を禁じられているシルフィアは、食べものを手に入れることもままならない。ときには野菜やパンが供えられたり、神殿周辺に住む人々が食事を差し入れてくれたりするが、今も、昨夜から何も食べていなかった。

　クッキーの袋を手に、シルフィアは赤い聖紋の壁へと歩いた。片手を壁に触れるともう片手でクッキーをひとつとりだし、口に入れる。

　砂糖は貴重品なので使えないが、レーズンが入っていてほのかな甘みがあった。それに焼けた香ばしい小麦とミルクの匂い。バターも少し。子どもたちの純真な思いが伝わってくるようで、その思いが精霊にも届きますように、とシルフィアは祈る。

　青い聖紋の壁でも同じことをくりかえし、明日のぶんのクッキーを残してシルフィアは手を合わせた。

「ごちそうさまでした」

　薔薇は花瓶にいけて、神殿に飾らせてもらうことにした。

　からっぽになった祭壇を清め、新しい布をかける。

「おじいさんの村の畑が元気になって、よく作物を実らせますように……国じゅうの畑にも、家畜にも。どうか加護を……」

　目を閉じて一心に祈るシルフィアは、知らなかった。

朱蒼(しゅそう)の聖紋がシルフィアの祈りに応えるように、輝きを放っていたことを……。

「……よしっ」

祈りを終え、シルフィアは勢いよく立ちあがった。

マリリアンヌの言葉はシルフィアの心に翳(かげ)りを落とした。彼女が言ったように、自分はただいるだけのお飾り聖女。誰かの役に立つことはできないのかもしれない。

(でも、それでも——)

祈れば、きっと精霊は応えてくれる。シルフィアは母からそう教わった。ハーヴェスト家が聖女の資格を失わなければ、母は聖女になるはずだった。

マリリアンヌは正しい。ハーヴェスト家の犯した罪を償うために、シルフィアはここにいる。機会を与えられたことを感謝せねばならない。

(たくさん祈らなくっちゃ)

祈りはまず清めから。

気持ちを切りかえたシルフィアは箒(ほうき)と雑巾をとりだすと、神殿を隅々まで磨いていった。

二

神殿の清掃をすませたシルフィアがひと息ついたころには、窓の外は夜になっていた。

採光窓から差し込む月光は神秘的で、磨きあげられた大理石の壁や床に反射してきらきらと踊る。

そんな一瞬もシルフィアは好きだった。

ほんものの聖女ではないという負い目をのぞけば、神殿にいるのは苦にならない。マリリアンヌへの贈りものはどれも美しく、それらが生みだされる世界とはなんと素敵なものなのだろうとため息が出る。下心のない、純粋に精霊に感謝する人々と会えるのも嬉しかった。

それに、このお飾りの聖女という立場が好きな理由はもうひとつある。

「シルフィア」

夜の闇に紛れ、そっと名を呼ぶ声に、シルフィアの胸はどきんと跳ねる。わずかな明かりしかない神殿の窓の外、月の光も届かぬ木陰の重なりに、小さく揺らめく灯火が見えた。

「リュート様」

「食事を持ってきた。大丈夫か？」

「はい」

答えると神殿の扉がひらいた。乏しい燭火の中にも、金の髪が輝きを放つ。

リュート・ギムレット。マリリアンヌの婚約者である第一王子アントニオ・ギムレットの弟であり、エルバート王国の第二王子である。

その彼が、軽装に身を包み、王子には不釣り合いなバスケットを腕にさげて立っていた。バスケットからは香ばしいスープの湯気がただよっている。

（おいしそう……！）

シルフィアに食事は与えられない。本来の主であるマリリアンヌが神殿にいないので、食事は出さなくともいい、ということらしい。そのくせ聖女の仕事に休みはない。神殿の外へ出かけてもいけない。それがアントニオからの命令であった。

今日のように寄進に食べものが含まれることも多々あるのでなんとか生き延びているのだが、見かねたリュートは三日と開けず、こうして食事を持ってきてくれるのだ。

リュートは神殿内を見まわした。飾られた薔薇と隅のテーブルに置かれたクッキーに目を留める。

「食事はあれだけか？」

「いえ、昨日は雑貨屋のご主人が残りもののハムとパンを持ってきてくださったので」

「今日の食事は？」

答えるように「きゅううう」とシルフィアの腹の虫が鳴った。

「……あれだけなんだな」

端整な眉が寄る。

「兄上がすまない」

「いえ、お気になさらず、リュート様。これも決まりですから」

「決まりだからといって見過ごせるような待遇じゃない」

鋭い視線と口調に思わず身をすくめると、リュートはハッとして目を逸らした。

「すまない。君は悪くないのに……まったく、こんなバカなことをいつまで続けるのか」

リュートがため息をつく。

マリリアンヌが浮気を楽しむあいだの身代わり生活は、もう三年も続いていた。

アントニオは婚約者の移り気を許すふりをしつつ、抑えきれない鬱憤をシルフィアを閉じ込め虐げることで晴らそうとしている。

「どうかお気になさらないでください。このお役目のおかげで、我が家は没落を免れますから……」

マリリアンヌの不在を隠すためのお飾り役を受け入れれば、ハーヴェスト家を支援しようとアントニオが約束してくれた。幼い弟や妹のためにも、シルフィアは働かなければならない。

「リュート様、少し失礼いたしますね」

バスケットを手に持ち、シルフィアは赤い聖紋の壁と青い聖紋の壁のそばで半分ずつ食事をとった。湯気の立つ具だくさんのスープもこんがりと焼き色のついたチキンも、大地と空とがなければ生みだされることはない。

「私も祈ろう。シルフィアが早く解放されるように……」

シルフィアに倣い、リュートは壁に触れて祈りを口にする。

（解放……されなくても、わたしはいいのですが）

リュートに会えるならこのままでもいいと考えてしまうのは、よくないことだろうか。

「ごちそうさまでした。とってもおいしかったです」

「よかった。また来るよ」

眉をさげて申し訳なさそうに笑うリュートに胸が締めつけられる。

（リュート様に会えるのだから、わたしは何もつらくないわ）

本当なら顔を見ることすら叶わなかった存在だ。

「君が神殿にいるようになって、贈りものが増えたと聞く。もちろんマリリアンヌへのものもあるが……これまで神殿に来なかったような商人や農民が神殿を訪れている。彼らは君の話を聞いて、以前よりも精霊に感謝するようになった。君が世界のすばらしさを語って聞かせるから」

「それはありがたいことですね」

シルフィアは顔をほころばせた。

話し相手もおらず、誰かに話を聞いてほしくて……という面もあるのだが、そう言われると素直に嬉しいものだ。

神殿に居続けて精霊に祈り続けているせいか、だんだんと精霊の存在に親しみが湧き、身近に感じられた。彼らがすぐそばにいるような気がするときもある。あたたかな気配がシルフィアの背中を押してくれる。

そんなことをアントニオやマリリアンヌに言えば、ついに頭がおかしくなったと笑われてしまうのだろうが。

「リュート様。わたしの実家ハーヴェスト家は、以前はマリリアンヌ様の実家ハニーディル家と並んで、聖女の資格を持つ家だったのです。けれども大伯母にあたる女性が祈りを怠って精霊の怒りを呼び、その年は飢饉に見舞われたといいます。それから我が家は聖女のお役目を外されました」

言い伝えによれば、精霊は聖女と認めた者を通して国に加護を与える。

特別な存在だと驕っていた部分もあったのかもしれない。聖女という肩書を失ったハーヴェスト家は、ほかに取り柄もなく、またたく間に凋落の道をたどった。

戒めを胸に、現在のハーヴェスト家は郊外の屋敷でつつましく暮らしている。

神殿はすべての者にひらかれているけれども、ハーヴェスト家の一族だけは足を踏み入れてはいけない決まりだった。マリリアンヌの気まぐれがなければ、シルフィアは神殿の中を覗くことすらできなかった。

「だから、わたしは神殿に関わることができて嬉しいのです。マリリアンヌ様が戻られるまでの代理だとしても、一生懸命に祈るつもりです。わたしはこの国が好きですから」

「お祖父様がおっしゃっていた。ハーヴェスト家の者たちが祈りを怠るはずがないと。飢饉は偶然だったのかもしれない。だとすれば王家の失政だ」

「そんな」

「とにかく、私からも父上に……国王陛下に、意見するつもりだ。この件が無事に終わったあかつきには、ハーヴェスト家に聖女の資格を戻すようにと」

そうなれば、父母や弟妹たちはどんなによろこぶことだろう。リュートはいつもシルフィアの心を気遣い、思いやってくれる。彼と会えた日のシルフィアの胸には、あたたかい気持ちが宿る。

「……ありがとうございます、リュート様」

そう言って笑うシルフィアに、リュートもまたほほえみを返した。

三

まぶたをくすぐる朝の日射し（ひざし）と、小鳥たちの囀り（さえずり）に目を覚ます。

爽やかな空気にシルフィアはのびをして起きあがった。ベッドは木箱を並べた上に藁（わら）と毛布をかぶせただけの粗末なものだけれど、身体には力がみなぎっている。

「朝だわ。今日もがんばらなくちゃ」

窓を開けると小鳥たちが舞い入る。昨夜のパンとクッキーの残りを朝食代わりに、欠片（かけら）をついばむ小鳥たちを眺めるのは楽しかった。彼らは羽繕いの様子を見せてくれたり、リュートの笑顔を思い出して頬を染めるシルフィアを不思議そうに見つめたり、ときには食事を争って鋭い囀りを交わし合ったりする。

身だしなみを整えたらお勤めの時間だ。朝の祈りを捧げ、祭壇をもう一度清め、神殿の扉をひらく。

同じく朝の支度をすませた子どもたちと、ちょうど目が合った。

「シルフィア様！」

「シルフィアさま～！」

「おはよう、みんな！」

子どもたちの背後にはグレーの修道服を着た女性が立っている。

「おはようございます、シスター・フローラ」

「おはようございます、シルフィア様」

神殿に併設された孤児院では、世話係のフローラとともに、三人の子どもたちが暮らしている。彼女らは神殿から離れることのできないシルフィアのよき友だった。

小庭を横切って駆けよってくる子どもたちを両手で受けとめ、シルフィアははしゃいだ声をあげた。

「見て、またクッキーを焼いたの！」

「わたしも！」

レーズン入りのクッキーを見せるのはセラス、その隣で自分も手伝ったのだと胸を張っているのはニケだ。

「おいしそうでしょ！」

「ヴァルティスさまとティティアさまはよろこんでくれるかなあ？」

「もちろんよ、セラス、ニケ」

最年長のエドは、ふたりの背後で唇を尖らせている。

「エドも？　作ってくれたの？」

「レーズン入れるだけな」

エドは頭のうしろで手を組み、そっけなく言った。お菓子作りなんてつまらないとそっぽをむきつつ、本当は仲間に入れてほしいのだとフローラが笑っていた。

「ふふ、それでもきっと精霊はよろこんでくださるわ」

言えば、エドの表情は明るくなった。

「ねえ、また精霊と聖女のお話をして！」

セラスに腕をひかれてシルフィアは神殿に入る。エドとニケが続いた。

「さあ、座って」

祭壇の前に敷かれた絨毯へ、子どもたちは慣れた様子で座る。セラスの隣で無言のエドも、目には期待の色が見える。シルフィアも座り、ニケを膝にのせてやった。

三年前、神殿の守り役を言いつけられ緊張と不安を抱えてやってきたシルフィアと、最初に友達になってくれたのがフローラと子どもたちだった。楽しそうに物語を聞く姿に、落ち込みそうになる気持ちを励まされたものだ。

子どもたちを見まわし、シルフィアは語り始めた。

「むかしむかし、まだ精霊たちが地上に棲んでいたころ、悪戯ものの精霊がおりました――」

　これは、エルバート王国の子どもたちが寝物語に教えられる、建国記の一部だ。初代国王となる騎士は領地を経巡り歩く中で、様々な困難にぶつかる。そのうちのひとつが日照りや洪水を起こす精霊との遭遇である。

　悩んだ騎士は近くの水車小屋に住む美しい若い娘に助けを求める。すると娘は驚くことをした。

　精霊に、食料と花を供えたのだ。

「我々を苦しめてきた精霊になぜ供物を捧げなければならない⁉」

「ええ、でも、話をするには歩みよりが必要です」

　怒(いか)りをあらわにする騎士に娘はそう言って笑う。さらには、娘に敵意のないことを感じとった精霊が、姿を現した。ひょこりと葉影から覗く子どものような姿に、騎士はたじろぐ――その光景を思い浮かべ、子どもたちは笑い声をあげた。

「それがヴァルティス様とティティア様よ。怖い顔で自分たちを追いかけまわす騎士の姿に、隠れてしまっていただけ……娘が加護を願うと、おふたりはすぐに荒れた土地を豊かな緑で覆わせた。そこで人々はその土地に暮らすことに決め、エルバート王国ができたの」

「それでそれで？」

　おませなセラスが目を輝かせる。何度聞いても彼女にとってこのシーンは憧れでいっぱいなのだ。

「精霊は最初に彼らを受け入れてくれた娘に特別な加護を与え、娘は聖女となりました。

そして騎士と聖女は結婚し、エルバートの国王と王妃になりました」

「素敵な結婚式だったんだろうね！」

「きっとそうね」

「わたしもいつかかっこいい王子様に出会うのよ！」

「いいなあ、セラス」

「本気にするなよニケ。セラスに王子様なんか会えるわけないだろ」

赤らんだ頬を両手で押さえため息をつくセラスに憧れのまなざしをむけるニケと、苦笑いを浮かべて首を振るエド。

「なによ、エド！」

「この王都は最初に精霊の加護を受けた土地。だから神殿をつくり、祈っているのよ」

むっとした顔になるセラスの頭を撫(な)で、シルフィアはやさしくほほえみかけた。

「それで、聖女様は、王子様と結婚して、将来は王妃様になるんだよね！」

機嫌をなおしたセラスはシルフィアの顔を覗き込む。

「シルフィア様は、王子様と結婚するんでしょう？」

投げかけられた無邪気な問いに、一瞬シルフィアの表情がこわばったことに気づいた者は、誰もいなかった。すぐにいつもの笑顔に戻り、シルフィアは首を振る。

「いえ、わたしは違うのよ」

「どうして？　シルフィア様が聖女様でしょ？」

「聖女様はマリリアンヌ様という方よ」

「だあれ？」

きょとんと首をかしげる子どもたちの肩を抱き、シルフィアは促した。

「さあ、お祈りをしましょう。きっと精霊は応えてくださるわ」

子どもたちの焼いたクッキーを祭壇に供え、ひざまずこうとしたところで、

「これもかいたの！」

ニケが一枚の板をさしだした。子どもたちの中で一番年下の彼女は、孤児院へひきとられたころはまだ幼く病弱で、よく体調を崩して熱を出した。神殿であずかったニケを、シルフィアがつきっきりで看病することも多かった。おかげで彼女はシルフィアを姉のように慕っている。

丈夫な子になりますようにと祈り続けたのが届いたのか、現在のニケは病気とも無縁で、エドとセラスにかわいがられている。

「ニケのことげんきにしてくれたから。せいれいさまに、おくりもの」

板には、白い服を着た、笑顔の女性が描かれていた。

「わたし？」

「そう！　ヴァルティスさまとティティアさま、きっとシルフィアさまのことがおすきだとおもうの」

「ありがとう」

（それはどうかしら……）と思いつつも、ニケの気持ちが嬉しくて、似顔絵は祭壇に置かせてもらうことにした。

聖女の資格を失いながらも聖衣を着て神殿にいるシルフィアを、精霊はどう思っているだろうか。

（ニケの言うとおり、好きでいてくれるならいいな……）

両手を組み、こうべをたれて、シルフィアは一心に祈る。彼女の両隣に並んだフローラと子どもたちも祈った。

「ヴァルティス様、ティティア様、どうかご加護と恵みを」

「ごかごとめぐみを」

シルフィアに続いて祈りの言葉を呟きつつ、ニケが幼い好奇心で目をひらく。と、

「――ひかった！」

「え？」

ニケの声にエドとセラスも顔をあげる。祭壇を挟んで描かれた朱蒼の聖紋が、たしかに一瞬、煌めいたような気がした。しかしその輝きはすぐに消えてしまい、陽光の反射かどうかを確認する暇もなかった。

「ねえ、いまひかったよね？」

「わかんない」

「光ったような……」

「うそつけ」

「キラッてしたよ！」

「見てない！　壁が光るわけないだろ」

「もう！　エドはいつも文句ばっかり――」

「あなたたち!!　神殿で騒ぐなら帰りますよ!!」

とっくみ合いの喧嘩（けんか）になりかけたエドとセラスの頭上に、フローラの雷が落ちた。

普段はおだやかでもの静かな女性だが、怒るときは怖い。いっしょに暮らす子どもたちは、シスター・フローラをよくわかっていた。

「はいっ！」

しゃっきりと背すじをのばす子どもたちに、シルフィアはくすくすと笑った。

シルフィアたちが祈りを捧げていたころ、王宮では……。
「見てくださいな、伯母様。セドリックがこんなに宝石をよこしました」
マリリアンヌが王妃ヘレディナを相手に、贈りものを見せびらかしていた。マリリアンヌは、ルビーの耳飾りやダイヤモンドの腕輪、大粒のサファイアのついた髪飾りなどを、箱から無造作にとりだしてつけて見せる。土台の金銀も眩（まぶ）しく輝く宝飾品に、ヘレディナもにんまりと口元をたわめた。

「セドリックといえば……ヴィム家の？」

「ええ。最近の一番のお気に入りですの。必死になって、かわいらしいですわ」

「まあ、それならわたくしにも何か贈ってくれるかしら」

「もちろんよ。王妃陛下(おばさま)の目に留まったと知れば、セドリックも泣いてよろこぶでしょう」

そんな二人の会話を、国王グエンと王太子アントニオがげんなりとした顔つきで聞いている。

ヘレディナは王家の一員というよりも、ハニーデイル家の人間だった。息子であるアントニオよりも姪(めい)のマリリアンヌをかわいがり、マリリアンヌがほかの貴族たちと遊び歩くことを容認している。

母親と婚約者のやりとりにアントニオの唇の端がぴくぴくとふるえるが、言葉は出てこなかった。言えないのだ。

唯一はっきりと不快感を表に出しているのは、リュートのみ。

「母上、マリリアンヌ。今こうしているあいだにも、シルフィアは食事も与えられず、神殿で働いているのですよ。少しは彼女をいたわったらどうですか」

リュートの言葉にヘレディナはぴくりと眉をつりあげた。すぐにその表情は笑みにとって代わられたが、視線の鋭さは消えない。

「あの娘はハーヴェスト家の贖罪(しょくざい)のためにああしているのよ。ハーヴェスト家が起こした飢饉とその後の王家の苦労を思えば、機会を与えてやっているだけやさしいと思ってもらわなければ」

「そうですわ、リュート様。飢饉を救ったのはハニーデイル家の聖女、ベアルネ様よ」

マリリアンヌも頷く。

リュートは奥歯を噛みしめた。ハーヴェスト家の聖女が飢饉を起こし聖女の資格を剥奪されたことは、シルフィアも認めていた。だが、ヘレディナやマリリアンヌが精霊の満足する言動をとっているとはどうしても思えない。

（口では都合のいいことを言いながら、彼女らは精霊を信じてすらいない）

だからシルフィアに神殿の仕事を押しつけ、遊びほうけていられるのだ。

ハーヴェスト家が没落し、ハニーデイル家の聖女が三代続いたために、今の王家とハニーデイル家はかなり近い親類関係にある。

リュートは知っている。現王妃ヘレディナと、現聖女であり次期王妃であるマリリアンヌの威光を頼りに、ハニーデイル家内部が完全に腐敗しきっていることを。マリリアンヌの父母をはじめ、誰もが似たようなものだ。着飾り、傲岸な態度をとり、周囲から媚びへつらわれて増長する。

「こんなことでは精霊の怒りはあなた方の上に落ちるのではありませんか？」

「口を慎め、リュート！」

グエンは青ざめた顔で怒鳴り、ヘレディナの表情を窺い見た。そこに王としての威厳はない。

ヘレディナはマリリアンヌの手を引き抱きよせると、実の息子に向けるとは思えぬほど冷たい視線をリュートに投げた。

「我がハニーデイル家には精霊から授けられた秘石があります。精霊に認められた家です」

アントニオも無言のまま、忌々しそうにリュートを見つめた。マリリアンヌはヘレディナの腕の中で勝ち誇った笑みを浮かべている。

(こんな者たちのためにシルフィアが犠牲に……)

叫びだしたくなる心を抑えようとこぶしを握り、リュートは背を向けた。

「……失礼します」

部屋を出、控えていた従者に命じて馬の準備をさせる。

(確かめなければ……私自身の目で)

廊下を足早に歩きながら、リュートの脳裏にはシルフィアの笑顔がよみがえっていた。

四

馴染みの従者のみをつけ、おしのびで向かった先は郊外にあるハーヴェスト家の屋敷だった。

かつてハニーデイル家と並び聖女を輩出していた名家の現在の姿を眺め、リュートは絶

句した。修復すらできないのであろう、壁はところどころ剝がれ、錆びた門は歪んで軋みを立てる。唯一、念入りに手入れをされた庭だけが生き生きとした芽吹きを見せ、ゆるやかな小径を日射しの中にのばしていた。

屋敷の周囲は小麦畑が広がっており、人の姿はほとんどない。ぼろをまとった若者がひとり、とぼとぼと歩いているだけだった。

だが、そんな閑散とした外観に似合わず、訪れた者への対応は俊敏だった。

顔を出した老爺は、身分を隠し商家の者だと告げたリュートを丁重に扱った。

「馬車の車輪が外れてしまった。人手が欲しい」

「ええ、それはお困りでしょう。お待ちください。主人に取り次いで参ります」

その言葉どおり、すぐに少年が現れた。

「どうも。クリスと申します。お手伝いしますよ。馬車はどこですか？」

「坊ちゃま、申し訳ありません」

「じいやのその腰じゃあ無理だろ。ぼくに任せておいで」

恐縮しきって頭をさげる老人の肩をやさしく叩き、クリスは先導するリュートをてらいのない笑顔で見上げた。

(ということは、彼はシルフィアの弟か)

内心の驚きを察したかのように、クリスは頰をかく。

「すみませんね。うちの家に使用人はじいやとばあやしかいないんですよ。まあ、遠慮しないでください。見たとおりの零落一家です」

「もったいないことです。ありがとうございます」

商人らしく、リュートは頭をさげる。たしかに社交経験も何もないのだろう。ハーヴェスト家には今でも一応貴族と同等の格式が与えられてはいるが、リュートの顔も知らないらしい。だが、それだけに、真心はじかに伝わった。

わざと外させた車輪を嵌め直すときにも、クリスは率先して土に汚れた車輪を押さえた。

「ぜひお礼をさせてください」

「そんな、礼など要りません。ですが、父母の話し相手になってやってください」

リュートの言葉にくすぐったそうに笑うクリスに下心はない。その姿がシルフィアに重なる。

「……？」

リュートの目が妙な動きをする男をとらえたのはそのときだった。

（あれは、先ほどの……？）

みすぼらしい身なりをした若者だ。一度ハーヴェスト家の屋敷の前を通りすぎたかと思うと、男は素早くあたりを窺い、外壁の破れ目から屋敷の庭に入った。

「！」

怪訝に思う間もなく、小さな叫びが耳を打つ。

「行きましょう！」

門内へ駆け込んだリュートとクリスが見たのは、庭の中央で老婆の首に腕を巻きつける男。それを遠巻きにしているのは先ほどの老爺と幼い弟妹たちだ。屋敷の窓からはシルフィアの父ダムニスと母ソニアの青ざめた顔が覗く。

「金だ！　金を用意しろ!!」

ダムニスに向かい、男は怒鳴った。

「ばあや――」

「待て、やつは我々に気づいていない。私が行こう」

壁際から飛びだそうとするクリスをリュートが遮る。

リュートの冷静な目は状況を正確に見極めていた。

(男に老婆を害する気はない)

素手で彼女を拘束し、石くれすらも持っていないのがその証(あかし)。目つきにも力はなく、手元はふるえてさえいるのだ。

(だからといって、見逃せるものではない)

ふところから護身用の短刀を抜きざま、リュートは物陰から走りだした。

ひと息に距離を詰め、男が襲撃に気づく前に腕をつかんで引き倒す。

「――動くな」

「ひ……！」

首元に刃(やいば)を突きつけられた男はひきつった声をあげた。老婆はその場にへたり込んでしまったが、怪我はない。

すぐに駆けつけたクリスが老婆を助け起こす。

「ばあや、大丈夫か」

「ええ、驚いただけでございます」

立ちあがった老婆は、気丈に答えた。

「ご主人、こやつは私が衛兵のところへ連れてゆきましょう。何か縛るものを……」

「ま、待ってください」

淡々と言うリュートに、ダムニスが声をあげた。ソニアをふりむくと、彼女は心得たと頷いて奥の間へ姿を消し、すぐに小袋を携えて戻ってきた。

ダムニスは庭へおりると、男に向かって小袋をさしだした。

軽やかに鳴る音が中身を知らせる。

「銀貨です。三枚しかありませんが……」

瞠目(どうもく)したのはリュートだけではなかった。リュートの腕の下で苦しげな息をついていた男も一瞬苦境を忘れたようだ。

ダムニスはリュートの腕に手をそえ、そっと短刀をおろさせる。

「しかし、ご主人……」

「この方は、望んでこんなことをなさったのではありません。ばあやも無事です。謝ってさえいただければ、罪人にまでする必要はない」

「見抜いておられましたか」

リュートが理解した男の事情を、ダムニスもまた察していたのだ。そして罰しようとするリュートに対して、許そうと言う。

「こんなボロ屋敷にやってくるくらいです。よほどに追い詰められていたのでしょう」

それは自嘲の台詞（せりふ）でありながら、どこか包み込むようなやさしさを持っていた。

「名はなんと申されるのですか」

「ポルト村の、ハインといいます……」

男はかすれた声で答える。その名乗りに嘘（うそ）はないのだろうとリュートは思った。

よろよろと立ちあがるハインの肩に手を置き、ダムニスはほほえむ。

「ハイン殿。ここまで来れば王都はすぐそこです。神殿に行くとよろしい。わたしたちの娘、シルフィアがいます」

「ええ、シルフィアはきっとあなたに会えてよろこぶでしょう。お役に立てることがあるかもしれません」

ソニアも笑顔で応じる。

「ですがその前に、ハイン殿の出立を祝い、ささやかながら昼食をご用意したいと思いますが、いかがですか」

「おれに……？」

「こうして出会ったのも精霊のお導きでしょうから」

呆然とダムニスの言葉を聞いていたハインが口をひらく。しかし言葉は形にならなかった。しばらく躊躇したように唇だけをふるわせ、やがて黒の両目からぼろぼろと大粒の涙がこぼれた。

ハインにとっては、久しぶりに触れた他人のやさしさであったろう。

「どうしてそこまでのことをしてくださるのですか……」

「あなたが、心から苦しんでいらっしゃるからです」

嗚咽とともに絞りだされた問いに、ダムニスは笑顔で答えた。

「ああ、やさしい方々に、おれはなんということを……申し訳ない、申し訳ない」

心底から悔いるハインに、

（もうこの男が罪を犯すことはあるまい）

とリュートは思った。一方で、気にかかることもある。

（ポルト村か……これほどまでに困窮した者が出ているとは、報告になかったが……）

考え込むリュートにも、ダムニスは笑いかけた。

「お時間があるのなら、あなたもいかがですか」

「……ありがたくご相伴にあずかりましょう」

王宮では感じることのできない団欒の予感に惹かれ、リュートもまた頷いた。

食事のあと、ふりかえりふりかえり何度も頭をさげて去っていくハインを皆で見送ったのち、リュートも別れを告げた。

「では、これで――」

「どうか、シルフィアをお願いいたします」

澄んだ声色だった。

かけられた言葉に驚いてふりむくと、ダムニスとソニアは深く頭をさげていた。彼らの表情はわからない。そんな両親を、子どもたちは不思議そうに見つめていたが、両親に倣うと揃って頭をさげた。

(そこまで、見抜いていたのか……)

おそらくは、咄嗟に出てしまった言葉遣いと、短刀の柄に彫られた紋章で、リュートの正体を悟ったのだろう。だが一家は最後まで彼をただの商家の一員として扱った。

苦境にもめげず、リュートを頼ろうともせず、今のままで十分だから気にしなくていいのだと笑うシルフィアの姿が浮かぶ。

(シルフィアと同じだ。なんと純粋な人々か)

彼女の心根のまっすぐさに想いを馳せ、リュートは目を細めた。

(本当に彼らの家の者が、怠慢により精霊を怒らせたのだろうか)

我が目で確かめた事実は、これまでに語られてきた事柄とどうにも食い違うようで、腑に落ちない。

リュートの内心のざわめきを表すように、一陣の風が吹く。道沿いに茂る木立に棲む小鳥たちが突風に追い立てられ、喧しい鳴き声を発しながら頭上を飛び去っていった。

お飾り聖女のはずが、真の力に目覚めたようです

第二章　聖女覚醒

一

王宮へと通う馬車内で、掲げた首飾りのエメラルドが光を跳ね返すのを眺め、マリリアンヌは口角をつりあげた。

いずれ手に入る地位には、これ以上の贅沢(ぜいたく)が付随するだろう。

だが、幸せな気分は長くは続かない。

――精霊の怒りはあなた方の上に――……。

リュートの忠告が耳にこだまする。まっすぐに自分を糾弾するリュートの視線が苛立(いらだ)ちを倍増させる。

(なによ、精霊なんて……本当にいるわけがないじゃない。いたとしても怒ってなんかないわ。あたしが聖女になってから実りは増えているんだから)

それが証拠に、マリリアンヌが聖女となった年には、各地で豊作の報(しら)せがよろこびとともにもたらされたものだ。最近ではシルフィアに任せっきりで、報告すら聞いていないマリリアンヌは、現状を知らない。だが、変わらず貴族たちの羽振りはいいし、贈りものも毎日ひっきりなしにやってくる。

そう考えてみても、周囲を羽虫の飛ぶような煩わしさは消えなかった。

「ずいぶんと遅いわねえ……」

「申し訳ありません、このごろはどうも田舎者(いなか)が多いようで……」

苛立ちを含む声色に御者が顔をひきつらせる。

「田舎者が王都になんの用よ」

なるほど、見ればぼろきれをまとったような姿の農夫たちが大通りを横切ろうとしている。人通りにも馬車にも慣れていない彼らは右往左往しながら都をのぼる。

「では、あんたたちも……」

「ああ、作物が育たんでのう」

「おれもそうだ」

その中の一人は、前日にハーヴェスト家を発(た)ったハインである。もちろんマリリアンヌにそんな事情は知るはずもない。

「神殿へ祈りに行こう。聖女様が代替わりをされたときには、豊作だったというではないか。神殿では護符がいただけるそうだ」

「聖女様はとてもおやさしい方だと聞くぞ」

彼らの必死の声を、マリリアンヌは鼻で笑った。

(バカみたいだわ。あそこにはシルフィアがいるだけなのに。ああもしかして)

　ふとよぎった推測に赤い唇がたわむ。

（不作はシルフィアのせいじゃないのかしら……？　あの子が神殿なんかにいるから精霊が怒ったのよ……ふふふ）

　ようやく混雑を抜け足を速める馬車に揺られつつ、マリリアンヌはうっそりと笑った。

　その日も朝からカーティスが現れて、両手いっぱいの赤い薔薇を置いていった。「またお前か」と不愉快げに言われ、どう事情を説明したものかとシルフィアが悩んでいるうちにカーティスは去ってしまった。

　きっとこの薔薇をマリリアンヌは受けとらないだろう。マリリアンヌはドレスや宝石など身を飾るもののほうが好きなのだということもわかっていたが、それをカーティスに言うのも憚（はばか）られた。

　しばらくしてやってきた商人は大輪の薔薇に感嘆のため息を漏らし、いくらかの寄進とシルフィアの朝食を置いていった。ロシオという名のこの商人は、神殿の近くに店を構え、繁盛しているのだという。

「それにしても神殿というのはお金がかかるものなのですねぇ」

　継ぎを当てた聖衣をしげしげと眺めそう言うロシオに、シルフィアは頬を赤らめた。いつまでこんなことを続けるのかと言っていたリュートの顔がよみがえる。

ロシオの帰りを見送ったあと、シルフィアは聖紋のある両壁へ薔薇を見せてまわった。

「どうぞ、ヴァルティス様、ティティア様、ご覧ください。美しい恵みの証です」

それから壁に寄り添って遅めの朝食をとる。

ハーヴェスト家では誰もがすきっ腹を抱えて暮らしていたために空腹には慣れているのだが、こうして心配りをされるというのは嬉しい。

アントニオは約束どおりハーヴェスト家への援助もしている。リュートが聞けばあまりの額の少なさに顔をしかめるだろうが、それでも一時期に比べれば暮らしぶりには余裕が出てきたそうだ。シルフィアも精霊に関わる機会を与えられた。役目を全うすればハーヴェスト家の復興もありえるかもしれない。そういったことを思えば、アントニオにもマリリアンヌにも、感謝こそすれ、恨みは湧かなかった。

「国が豊かに、皆が幸せに暮らせますように……」

それがアントニオやマリリアンヌ、もちろんリュートのためにもなるであろう。未来を想像してシルフィアはほほえむ。

「ご馳走様でした。とってもおいしかったわ。ロシオさんにお礼を言わなきゃ」

食べ終わって片付けをすませ、シルフィアはふと首をかしげた。

誰かに、呼ばれている気がする。

（気のせいかしら、いつもより壁の色が濃いような……？）

赤と青が輝くように色を増している。壁に近より、シルフィアはそっと赤い聖紋に触れた。きらきらと光の粉が飛ぶように視界が瞬く。

光った、光っていない、と言い争った子どもたちを思い出す。

けれど理由を考えることはできなかった。

（どうしてだろう……急に、眠く……）

まぶたが重い。抗おうとしても睡魔が思考に染みわたる。

くずおれるように膝をついた。意識が遠くなり、身体に力が入らない。壁に頬をすりよせるようにしてシルフィアは倒れ込む。

景色も音も、真っ暗な闇に深く沈んだ。

『――シルフィア、シルフィア!!　起きて!!』

『起きて、というのは正しくないわ、ヴァルティス。ここは裏側の世界なのだから、シルフィアにとっては夢の中』

『ティティアの言うことはいつも難しくてわかんないよー！　とにかくぼくはシルフィアと話したいの！』

耳元でふたつの声がする。

元気いっぱいで明るい声と、落ち着いて澄んだ声。なんの話をしているのかはわからないが、自分の名が呼ばれていることだけはシルフィアにも理解できた。

(いえ、待って、ほかにも知っているお名前が)

ヴァルティスとティティア。声の主は互いをそう呼び合っている。

シルフィアが祈りを捧げる精霊の名だ。

気づいた途端、ぐんと意識が引っぱられるようにしてシルフィアは目をひらいた。

あたりは真っ暗闇だ。暗黒にシルフィアは座り込んでおり、目の前には赤い髪の少年と青い髪の少女が浮かんでいた。ただし彼らの大きさは人間よりもずっと小さい。着る服は不思議な形をしていて、裾が風に吹かれたようにはためいている。

『あっ、シルフィア！　起きたんだね！』

「ヴァルティス様……ティティア様……？」

『そうよ。シルフィア。あなたをここに呼んだのはほかでもない――』

ティティアの言葉にシルフィアは青ざめた。心当たりはひとつしかない。

聖女でもないのに、神殿に居座っていること。

(ついに精霊の怒りが⁉)

マリリアンヌの言葉は真実だったのか。

「できれば飢饉はやめてください！　罰ならわたしが受けますから、ほかの方に迷惑がかからないような――」

『シルフィア、いつもありがとう。ぼくらは君を……ええと、なんだっけ？』

『聖女よ』

『そう、聖女と認め、精霊の加護を与えることにした！』

「えっ⁉」

膝をつき、額をこすりつけて平伏しようと身構えたシルフィアにもたらされたのは、想定外の感謝の言葉。

ぽかんと口をあけて見上げるシルフィアに向かい、ヴァルティスは拳を振りあげて熱弁する。

『形式にとらわれない素直な祈りの心！　精霊と人間とをつなごうとする姿勢！　それに何より、お供えものおいしい！　お供えものおいしい！』

『大切なことなので二回言ったみたいね』

「おそなえもの……」

『ぼくらに届くように祈りながら食べてくれてたでしょ？　ずっと感謝してたんだ。シルフィアがそうやって祈ってくれることで、自分たちが与えた恵みがどんなよいものを作ったのかがぼくらにもわかるんだ』

『昔の供物は石や生きた動物だったものね……ここ数十年は供物などなかったし』

「え？」

ティティアの思わぬ言葉にシルフィアは声をあげた。

「神殿はハニーデイル家が守っていたはずですが……」

『ハニーデイル家……？』

首をかしげるヴァルティスに、視線を逸らすティティア。

「はい。それに、当代の聖女はわたしではなくマリリアンヌ様です」

『え？　誰？』

「……聖女の、マリリアンヌ・ハニーデイル様ですが……」

それよりほかに説明のしようがなく、シルフィアは身をちぢこめる。

シルフィアはマリリアンヌの聖女就任と同時にお飾りの役目を仰せつかった。

（もしかして……マリリアンヌ様は、精霊に祈っていないのかしら……？　いえ、そんなはずはないわね。ほかに原因が……？）

実際マリリアンヌは精霊に祈ったことなど一度もないのだが、毎日精霊に感謝を捧げ恵みを祈ってきたシルフィアにとっては想像がつかない。

マリリアンヌの前にもハニーデイル家の者たちが代々神殿を清め、聖女を務めてきたはずだ。なのに、ヴァルティスもティティアも、彼女たちを知らないという。

『祈りは届いてないね』

「どうして……」

『祈ってないんじゃない？』

背中に冷たい汗の流れる感覚に、シルフィアは身をふるわせた。

ヴァルティスは気にせぬ態度でぶらぶらと足を宙に浮かばせている。

『聖女はシルフィアだよ。マリリアンヌなんて知らないし。ぼくらはシルフィアに加護を与える』

「そういうわけには……」

聖女はマリリアンヌと決まっている。だから王太子であるアントニオと婚約しているのだ。ほかにも理由はある。

「わたしの家……ハーヴェスト家は、精霊の怒りを受け、聖女の資格を剝奪されました」

『ハーヴェスト家……？』

「は、はい」

いつ〝怒り〟が再燃するのかと恐れるシルフィアに反して、ヴァルティスは首をかしげるばかりだ。

『わかんないなあ。怒ったことなんてないけど』

『え？』

『え？』

ヴァルティスとティティアは顔を見合わせている。やがてティティアがため息をつき、妙に人間らしい仕草で肩をすくめた。

「わたしの大伯母……アナスタジアという者が、祈りを怠ったと……」

『アナスタジア……』

ふとヴァルティスの眸(ひとみ)に翳りがよぎった。しかしそれがどういった感情であるかを知る前に、ティティアがヴァルティスの額を指で弾(はじ)く。

『いてっ』

『ここのところ人間界には降りていないから、いろいろと忘れているのよ。それより今はシルフィアの話』

「わたしは祈りの文句も知らないのです」

『そんなの気にしなくていいよ。人間はいろんな言葉を話すし嘘もつくだろ。言葉にこだわってもしょうがない』

ティティアも頷いた。

『ただあなたが願えばいいの。これまでの祈りと同じように。わたしたちはあなたに応えて加護を与える』

『というかまあ、今すでに加護は与えられているんだ』

ヴァルティスの小さな手がシルフィアを指し示した。

『シルフィアも、周りの人たちも、病気とかしてないでしょ？』

「そういえば……」

リュートに心配されたとおり、シルフィアは粗末な部屋で暮らし、神殿から外にも出られず、食事も一日一度とれればいいほう。けれど体調を崩すこともない。

病弱だったニケも近ごろは風邪ひとつひかないとフローラもよろこんでいた。

「あれは、加護のお力だったのですね」

『シルフィアがうんと言えば、加護はもっと強いものになるわ』

人間離れした、朱蒼の水晶のような二対の眸がシルフィアを見据える。視線には力があった。彼らが本気であることは疑いようがない。

シルフィアの脳裏に加護を求めた老人の姿が浮かぶ。

(精霊の加護をいただければ——苦しむ人々を助けられるかもしれない)

まっすぐに視線を受けとめまなざしを返すシルフィアに、精霊たちは笑った。

『受けとってくれる気になったみたいだね?』

「はい。……あの、奉納金は必要ですか……?」

『ホウノウキン?』

『お金ってこと』

『まっさか。ぼくたち精霊だよ?　お金なんて一番興味ないよ。ぼくらが欲しいのは祈り。魂の輝きだ』

ヴァルティスはシルフィアを指さした。呼応するようにシルフィアの胸が光を放つ。

『シルフィアとぼくらの絆(きずな)がもっと強くなれば、ぼくらもまた人間界に姿を現せるかもしれない。だからよろしくね!』

「は、はいっ。ありがとうございま——」

感謝の言葉をすべて告げることはできなかった。ふたたび、ぐいんと引っ張られるような感覚。抗う暇もなくヴァルティスとティティアの姿が暗闇の中に遠ざかってゆく。

背後から光が差し、それが視界を覆うように迫ってきた。

「……女様、聖女様！　どうなさったのですか……」

心細げな声が耳を打つ。

目を開けると、覗き込んでいた人々がほっとした顔になった。

神殿を訪れた参拝者が祭壇の前で倒れるシルフィアを発見し、声をかけていたらしい。

「大丈夫です。心配かけてごめんなさい」

身を起こし、シルフィアはあたりを見まわした。なんの変哲もない、慣れた神殿だ。だが、壁によりかかって眠りについたはずなのに、知らぬうちに移動している。

「……夢……じゃない……？」

ドキドキと心臓が飛び跳ねる。夢を見る前よりもさらに精霊を感じるようになっていた。うまくは言えないが、自分の周囲に何か見えないものが存在していて、力を与えてくれているような気がする。

「シルフィア様？」

呼びかけられて、はっと顔をあげた。見覚えのない男だ。王都の者ではない。

「どうして、わたしの名前を？」

「ああ、おれはハインといいます。実は……」

ハインはハーヴェスト家であったことを語った。家族の様子を聞いたシルフィアは顔を輝かせる。

「では、弟たちも元気で？」

「はい。皆様たいへんによくしてくださいました。あんなことをしたのに……」

「あなたの本当の心がわかったからですわ」

シルフィアは土に汚れたハインの手をとり、にっこりと笑った。

「少しでもあなたの助けになったならよかった」

「シルフィア様……」

ほかの人々も、シルフィアのやさしさに心打たれたようだ。

「ポルト村だけじゃねえ。おれらの村も、ボロボロですだ。芽が出ねえのに、領主様は去年よりももっと多くの税をとろうとなさる」

「うちでは牛が立てなくなって」

「そうだ。これじゃあ赤ん坊に食べさすものまでなくなっちまう」

ハインは頷いた。よくなる見込みのない状況に、村人たちの心は荒(すさ)む。領主に逆らえない彼らは精霊と神殿に縋るほかなく、護符を得るため王都を目指したが、一方で苦難の民を見捨てる精霊たちを恨むようになっていた。神殿にいるという聖女も頼りにならぬ高慢な人間なのだろうと。

しかし今はそんな恨みはない。

「あのお屋敷にいた人たちはやさしかった。……街の店で、シルフィア様が神殿にこもりきりで祈ってくださってることも聞きました」

「おれらは見捨てられたわけじゃなかった」

ハインや村人たちの瞳はもう澱(よど)んではいない。澄んだ光を放ち、まっすぐにシルフィアを見つめる。

「シルフィア様。加護の護符をください。持って村へ戻り、今後は心を入れ替えて畑を耕します」

「ええ――」

頷きかけ、シルフィアは口をつぐんだ。

護符を渡すためには一〇万ベリルの〝寄進〟が必要だ。彼らもまたそのことを知らない。彼らそれぞれに無料で護符を渡せば、今度こそマリリアンヌは怒り狂うだろう。

――ただあなたが願えばいいの。

そのとき、シルフィアの胸にティティアの言葉がよみがえった。

――わたしたちはあなたに応えて加護を与える。

精霊はそう言った。金などなんの意味もないとも。

(わたしの妄想、なのかしら。それとも……)

言いようのない感情がふたたび湧きあがってくる。

自分でも信じられないのだ。

祭壇の上にはカーティスが置いていった薔薇の花束が静かに横たわっている。

(もし、あの夢が夢でないのなら――わたしにその証を見せてください)

シルフィアの願いは単純だ。皆が幸せになること。天と地の恵みを受け、誰もが飢えることのない未来が欲しい。そのために、希望を失いかけた人々を励ませるように、彼らがまた素直な気持ちで精霊に祈れるように。

指を組み、シルフィアはぎゅっと目をつむった。

それからおそるおそる、薔薇に手をかざす。

「――精霊のご加護を」

その瞬間、ざあっと巻き起こった風が神殿内を吹きぬけていった。突風のような疾さを持っていながら、肌を撫でる感触はあくまで柔らかい。

風がやんだとき、シルフィアは目を見はった。シルフィアだけではない。ハインたちも呆然と天井を見上げている。

薔薇は勢いよく枝をのばして神殿じゅうを覆い、頭上には数えきれないほどの花がシルフィアを祝福するかのように咲き誇っていた。

二

次に薔薇に覆われた神殿を発見したのは、隣接する孤児院の子どもたちだった。

「すごい！　シルフィア様、どうしたのこれ！」

「おはながいっぱい！」

「うーん、わたしにも、何がなんだか……あはは、精霊のご加護かな」

歯切れの悪い言い方になってしまうのは、シルフィア自身、いまだに信じがたい思いがするからだ。

あのあと、ハインたちは護符ではなく薔薇を手折り持ち帰った。

「こんな奇跡を目の当たりにしたんだ、おれたちが証人です。シルフィア様は聖女だ。精霊は見守ってくださっている」

「あ……えっと……わたしは」

ただのお飾りで、ほんものの聖女はマリリアンヌだ——とは、さすがに言えなかった。

口ごもるシルフィアに気づかず、村人たちは意気揚々と神殿をあとにした。

たしかにあのとき、シルフィアは今までにない力を感じた。誰かがシルフィアの手を通して薔薇に生命(いのち)を吹き込んでくれたのだ。

(でも、あの夢が夢ではなかったとしたら……マリリアンヌ様ではなくわたしが聖女ということになってしまうわ)

それはやはりよろしくないだろうとシルフィアは思う。聖女はマリリアンヌで、王太子であるアントニオと結婚し、王妃になるのだ。そこにシルフィアが聖女だなどという話が出ては、国が混乱してしまう。

どうしたものかと考え込んでいたところへ、子どもたちがやってきたのだった。

「やっぱり精霊はいるんだね！　シルフィア様、いつも言ってたもんね。わたしもお祈りしたらできるかなあ」

「やりたーい！」

「ねえシルフィア様。大きな声でお祈りしたら、ヴァルティス様とティティア様に届く？」

「おれもたくさんお祈りするから！」

「ええ、もちろんよ」

目を輝かせる子どもたちにシルフィアは笑った。

（そうね。そうだわ。この子たちの言うとおりよ）

精霊たちも言っていたではないか。祈りに形式はないと。この力はシルフィアの真心が彼らに通じた結果なのだ。だとしたら、この子どもたちも精霊と通じ合えるだろうし、マリリアンヌだってそうだ。

（自分だけが特別だと悩むなんておこがましい）

ヴァルティスやティティアはマリリアンヌもハニーデイル家も知らないと言ったが、きっと何かの間違いだ。ハーヴェスト家のことも忘れていたようだった。

いずれマリリアンヌの祈りが通じれば、彼女が聖女であることを納得してもらえるだろう。ほっと安堵の息が漏れる。

シルフィアは薔薇を一本ずつ手折ると、子どもたちに持たせてやる。

「この薔薇を大切にして、精霊に感謝して祈るのよ」

「わかった！」

「ありがとう、シルフィア様！」

嬉しそうに薔薇を手にする子どもたちを見て、シルフィアも心からの笑顔になった。

ハインたちや子どもたちが語り聞かせたおかげで神殿を訪れる人は増え、シルフィアは皆に一輪ずつ薔薇を配った。詰めかけた人々は奇跡としか思えぬほど咲き誇った薔薇を見上げ、胸を打たれてため息を漏らす。

翌日も、その翌日もシルフィアは薔薇を配った。それでも薔薇は次々に蕾をつけ、花ひらき、瑞々しい姿で訪れた人を出迎える。

「祈れば精霊は応えてくださるのか」

「この薔薇を家に飾り、毎日お祈りをしましょう」

誰もがまさに精霊のもたらした奇跡だとよろこんだ。

(みんなにとっても、精霊が身近なものになったわ)

あまりの力の大きさに面食らってしまったが、ヴァルティスやティティアの言うとおり、シルフィアはこれまでと変わらず暮らしてゆけばよいのだ。精霊に感謝し、精霊の恵みを慈しみ、祈りを捧げる日々を。

神殿を訪れる人々にそれらを伝える中で、精霊と人との関わりもよりよいものになっていくだろう。

(聖女の役割とはこういうものだったんだわ)

エルバート王国建国の物語を思い出す。聖女は精霊との仲立ちとなり、人を助けた。

シルフィアの心にあたたかい希望が灯る。それは神殿を訪れた人々が感じていた希望と同じだった。

(この国はよくなっていくに違いない)

風をいっぱいに受けた帆のように、シルフィアの胸は膨らんでいたのだが。

三

「ちょっと、なによこれ……!?」

「!!」

苛立ちを含んだ声にシルフィアはふりむいた。

参拝者はもういない。夜の闇がわだかまる神殿の入り口で、マリリアンヌが金切り声をあげている。

真っ赤に染まった顔は激怒を表していて、シルフィアは反射的にあとじさった。

そんなシルフィアの態度も気に食わなかったのだろう、マリリアンヌはつかつかと歩みよるとシルフィアの髪をわしづかんだ。

「痛いです！　マリリアンヌ様……!!」

「なんなのこれは！　王都ではあんたが聖女だって噂になってるわよ!!　言いなさい、誰が協力したの!?　あんただけでこんなことができるわけないのよ!!」

眦をつりあげて叫ぶマリリアンヌの形相は魔物じみて、今にも牙を尖らせ気炎を吐きそうな彼女の剣幕はシルフィアに恐怖をもたらした。

（怖い……苦しい……！）

まるでマリリアンヌから滲みでたどす黒い闇がシルフィアの首を絞めているようだ。

「違います、これは、精霊の加護で……そうです、マリリアンヌ様、マリリアンヌ様だって、精霊に祈れば――」

「まだそんなことを……！」

息苦しさに喉を詰まらせながらも必死に説明を努めた言葉は、余計にマリリアンヌを激昂させた。

「平民どもに媚びを売って、あたしの立場をのっとるつもりでしょう!!」

「あ！　そ、それは……」

マリリアンヌが手にしたのは、ニケが描いてくれた似顔絵だ。今日もねだられて、祭壇に飾っていた。

「こんなものを自慢げに置いて！　憎らしいったらありゃしない」

「申し訳ありません！　片付けますから……」

シルフィアがのばす手を払いのけ、マリリアンヌは勢いよく板を踏みつけた。みしりと音がして薄い板に描かれた笑顔にヒビが入る。

「どいつもこいつも、あたしをバカにして……!」

マリリアンヌの手がシルフィアを突きとばす。美しく整えた髪は崩れ、ぎらぎらと目を輝かせながら、マリリアンヌは床に倒れたシルフィアに馬乗りになった。

「あたしに逆らうってことはね、アントニオ様や、国王陛下に逆らうということよ!!」

細い首に指が食い込んだ。のしかかってくるマリリアンヌの重みで喉が塞がる。

命の危険を感じ、シルフィアは思わず悲鳴をあげた。

「やめてください……!!」

もがくように腕を突きだす。

(誰か、助けて……!!)

瞬間。

渦巻くような風が吹き荒れた。

疾風は薔薇の葉を揺らし、打ちつける葉擦れの音は何重にもこだまして威圧を孕み、神殿に響く。

同時に、覆いかぶさっていたはずの重みが消えた。

「きゃああっ!!」

「マリリアンヌ様!!」

「うう……」

マリリアンヌは祭壇から青い聖紋の壁にまで吹き飛ばされ、身を丸めている。

慌てて駆けよるシルフィアをマリリアンヌは睨みつけた。

「お怪我はありませんか⁉」

「あたしを突きとばしたわね⁉」

「違います！　今のは風が……」

「風で人が転がるわけないじゃない！　あんたがやったのよ！」

もはやどう説明しようともマリリアンヌには届かないのだとシルフィアは悟った。むしろ話をしようとすればするほど、マリリアンヌの怒りに油を注ぎ、そして——。

ぞくりと背すじがふるえる。

立ちあがったマリリアンヌの背後に高くそびえる青の聖紋の壁を仰ぎ見て、シルフィアは小さく喘（あえ）いだ。

あの突風は、シルフィアが離れてほしいと願ってしまったからだ。殺されると思った。だから、誰か助けて、と。

変わらない生活が送れると思ったのは間違いだった。これが精霊の加護だというなら、その力は強すぎて、シルフィアには制御できそうもない。

（このままではマリリアンヌ様を傷つけてしまう）

それだけは嫌だった。精霊の名のもとに人を傷つけることなどあっていいわけがない。

「申し訳ありません！　お許しください。どうか怒りを収めて……」

「今さらしおらしくしたって遅いんだから!!」

床に膝をつき頭をさげるシルフィアの、蒼白な表情の意味を勘違いしたらしい。怒りに顔を染めたマリリアンヌはうなだれるシルフィアを足蹴にし、わめきながら神殿から出てゆく。

「あたしに——聖女に逆らえばどうなるか、教えてあげるわ。あんたなんか処刑よ!!」

そんな、最後通牒(つうちょう)のような捨て台詞を残して。

四

その夜、リュートの訪れを知ったとき、シルフィアは思わず彼の腕の中に飛び込んでしまった。

「シルフィア!?」

リュートは焦った声をあげたものの、涙をこぼすシルフィアの姿に息を呑(の)む。

シルフィアが奇跡を起こした、という王都の噂は、リュートの耳にも届いた。だからこそマリリアンヌが乱暴を働くのではないかと懸念し、神殿へやってきたのだ。

だが時はすでに遅かった、とリュートは歯嚙みする。

「ご、ごめんなさい」

自らのふるまいに気づいて離れようとするシルフィアを、本当は抱きよせたかった。その思いに抗ってこぶしを握り、リュートは努めて平静を装う。

「どうしたんだ……マリリアンヌが何か？」

「違うのです」

シルフィアは首を振ると、声を詰まらせながらこれまでにあったことを話した。

精霊たちの出てくる夢を見たこと。夢の中で加護の力を与えると言われたこと。目覚めて薔薇の花束を茂みに変えたこと――そのせいでシルフィアが聖女だという噂が広まり、マリリアンヌを傷つけてしまいそうになったこと。

「わたしは、どうしたらいいのでしょうか」

「……シルフィア」

リュートの静かな声が落ちる。顔をあげれば、リュートは眉を寄せ、痛ましげに目を細めながらも、口元にはほほえみを浮かべていた。シルフィアの不安を感じとり、勇気づけようとしてくれているのがわかる。

「私は、シルフィアがよろこんだことも、怖がったことも、どちらも当然だと思う。なぜなら、精霊の力は人を助けることも、君が懸念したとおり傷つけることもできるからだ。でも――」

リュートはシルフィアの手をとった。驚いて手を引こうとするシルフィアをとどめ、うやうやしく両手で包み込む。

「私は君が聖女だと信じるし、君が聖女でよかったと思っている。君なら力に溺れ、使い方を誤ることはないだろうから」

「リュート様、でも……」

「不安かい？」

「はい……」

聖女ではないと言われながら暮らしてきた。変わらなくともよいのだと安堵したのもつかの間、マリリアンヌに向けてしまった力はシルフィアを怯えさせた。

精霊が存在し、祈りを聞き届けてくれることがわかったのは嬉しい。しかし人をはるかに超える力を持った存在に抱くのは畏れ。選ばれて嬉しいと手放しではよろこべない。

表情を曇らせるシルフィアに、リュートは考え込む顔つきになったが、

「不安なら、祈ることをやめてはどうだろうか。そうしたら力は弱まるのではないか」

「！」

唐突な提案にシルフィアは目を見ひらいた。しかし同時に、リュートの意見は合理的でもあった。祈ることで精霊に認められたのなら、祈りをやめればいい。そうすればシルフィアは普通の少女に戻るだろう。

「君の立場は、もとはといえばマリリアンヌの我儘から出たことだ。私はこれ以上君に負担をかけたくない。それに実は、そろそろアントニオが痺れを切らしてね。マリリアンヌに結婚を迫ろうとしているんだ」

「アントニオ様が……」

マリリアンヌが正式にアントニオの伴侶となるとき。それはマリリアンヌが神殿へ戻り、聖女としての勤めに就くことを示している。

「そうなれば、わたしはお払い箱ですね。神殿で祈ることもなくなる」

あとはマリリアンヌに任せ、シルフィアは祈りから離れてもよい、とリュートは言っているのだ。

シルフィアを見つめるリュートのまなざしは真摯だった。助けを求める者がいれば放ってはおけない人だ。

（わたしはリュート様のやさしさに憧れたのだわ。そして、お役に立ちたくて）

リュートの立場からすれば、シルフィアの加護の力は喉から手が出るほど欲しいものに違いない。薔薇を生い茂らせることができるなら、貧しい土壌を豊かにし、枯れた川に水を引き、作物を育てることも、家畜たちを養うことも、今よりずっと容易になる。風車をまわして粉を挽く（ひ）ことも、民の生活を豊かにすることも、シルフィアがしたように人々の心をつかむことも。

そういった利益をすべて投げうって、シルフィアという一人の少女をいたわってくれようとしている。

「リュート様……ごめんなさい」

首をかしげるリュートに、シルフィアはほほえんだ。

（わたしのことを一番に考えてくれるのが嬉しい、なんて思ってしまって）

理由は言えないから、心の中で呟く。

シルフィアは目を閉じた。暗闇の中で見た精霊たちを思い出す。

動転のあまりわからなくなっていた気配が戻ってきた。自分を見守ってくれる存在の気配。ヴァルティスとティティアは今、シルフィアを心配してくれているのかもしれない、と思った。

彼らに背を向け、祈ることをやめて、自分の限界に閉じこもってしまうのは、あまりにも寂しい。

（わたしは、この国も、ヴァルティス様もティティア様も大好き）

その想いはずっと変わらない。

ふたたびひらいたシルフィアの目には、揺るぎない決意が現れていた。

正反対の選択肢をリュートが許してくれたことで、かえって気持ちは固まった。

「リュート様。わたし決めました。わたしにその力があるのなら、誰かの助けになることがしたいです。そして、精霊と人とをつなぐ存在になりたい」

ヴァルティスとティティアも、そうすれば人間界に姿を現せると言っていた。

せっかく結ばれた絆を自分勝手に断ち切ることはしたくない。薔薇を手にした人々は、「本当に精霊がわたしたちを見守ってくださっているのだ」と嬉しそうに笑っていた。

リュートは頷く。

「それなら、私は君を応援するよ。シルフィア」

「ありがとうございます。……ごめんなさい、わたしの弱音に付き合わせてしまって」

しゅんと肩を落とすシルフィアの頭を、リュートはなだめるように撫でた。

「⁉」

「気にしないで。……君がよく言っている言葉だよ」

（い、いや、そこじゃなくて、今、頭……⁉）

真っ赤になった顔を隠そうとうつむき、聖衣の裾が皺になってしまいそうなほど両手で握りしめる。

シルフィアは気づいていなかった。

朗らかな笑顔の一方で、リュートの視線が鋭さを増していたことに。

夜更け、王宮に戻るリュートの背中を追いかけるように、重たい雲が走ってきた。もとより王宮の広大な庭はシルフィアのいる神殿をはるか彼方へ隠してしまい、降りだした雨はほのかな灯りすら伝えない。にもかかわらず、水滴の流れる窓硝子の向こうへ目を凝らし、神殿の輪郭をさぐってしまう。

神殿を出る際に名残惜しい気持ちになるのはいつものことだったが、今夜に限っては胸が締めつけられるように苦しかった。扉を開けた途端に飛び込んできたシルフィアの泣き濡れた目や、その彼女が自分の励ましによって笑顔に戻ったことなどが、リュートの心を騒がせるのだ。

常より早い鼓動を打つ胸に手を当て、リュートは小さなため息をつく。

（私は、シルフィアのことを……）

守りたい、と思ってきた。その理由が彼女の境遇の理不尽さだけにあるのではないと、今夜のことが教えてくれた。

だが、シルフィアを守るためには、乗り越えなければならない壁がある。

「こんな時刻にお帰りですの？」

粘着質な声色にリュートは顔をあげた。

数名の侍女を従え、マリリアンヌが廊下をやってくる。

「君こそ、こんな時刻になぜここにいる？」

「アントニオ様と婚礼の相談をしておりましたの。お話しすべきことはたくさんありますから……」

厭な笑みがマリリアンヌの頬に浮かぶ。

「シルフィアのこともようく話し合っておきませんと……なにせあの娘はあたしに手をあげたんですから。アントニオ様もお怒りになるに違いないわ」

「彼女のことは放っておいてくれ。シルフィアは務めを果たしてきた。君に危害を加えるつもりもなかったんだ。……後悔して、泣いていたんだぞ」

眉をひそめるリュートに、マリリアンヌはぽかんと口を開けた。すぐに唇はこらえきれぬように歪み、高らかな笑いが迸(ほとばし)る。

「なんてことかしら！　リュート様、まさかあなた……あんなどんぐりみたいな野暮ったい娘の何がよろしいのですか」

「……！」

自覚したばかりの恋心を侮辱され、リュートの表情が険しくなる。踵を返そうとするリュートを、しなだれかかるマリリアンヌの手が止めた。

「シルフィアよりも、あたしのほうがずっといいと思いませんか？」

上目遣いに媚びる瞳は毒々しい挑発の色を浮かべている。リュートがここで諾を返さなければ、マリリアンヌはシルフィアをさらに貶(おとし)めるだろう。

だが、さしだされた手をとることはできず、リュートはマリリアンヌを押しのけると背を向けた。

「君は兄と結婚するのだろう。正直に言って私は君の行動を軽蔑している」

マリリアンヌは眉根を深く寄せた。

「あとで後悔なさっても知りませんよ。婚礼の約束さえすませれば、アントニオ様はあたしの言うことをなんでも聞いてくださるわ」

無言を貫き、リュートはその場を立ち去った。

シルフィアを守るためには、アントニオやマリリアンヌの手が届かぬようにしなければならない。その選択肢は服従ではない。膝を折った先にあるのは寛容ではなく圧制であることを、リュートは理解し始めていた。

二人の聖女が現れれば、国が乱れる、とシルフィアは案じた。リュートもそう思ってこれまで、陰ながらシルフィアを支えることはありつつも、面と向かって兄に対峙することはなかった。

しかし、

（もう国は乱れ始めている……）

そのことを、リュートははっきりと悟ったのだった。

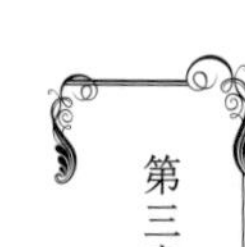

第三章　聖女の力

一

翌日、マリリアンヌが聖女となってからはじめて――つまり、シルフィアがマリリアンヌの身代わりに働き始めてからはじめて、神殿は扉を閉ざしたままだった。

主人不在の中でも瑞々しく生い茂る薔薇を窓からおそるおそる眺め、どうしたのだろうかと人々は噂し合ったが、

「もしかすると、村を助けに行ったんじゃねえか」

「ああ、最近は不作の報せが多かったからなあ……」

商人たちが囁き合う中で、ロシオも大きく頷く。

「わしらにも関係のあることだからな。シルフィア様が出向いてくださるなら安心だ」

「シルフィア様が理由もなく神殿を留守にするわけがねえものな、きっとそうだ」

そう答えが出てしまえば、不安は収まった。

「そうだ、そうに違えねえよ。シルフィア様だものな」

「そのうち帰ってきてくださるだろ」

「おれたちはいただいた薔薇に祈ろう」

シルフィアの無事を信じ、様子を見にやってきた王都の人々は安堵の面持ちで解散した。

そしてその推測は当たっていた。

リュートとシルフィアは、幾人かの護衛とともに、ポルト村を訪れていた。

「ああ、なんて心地よい風かしら……！」

はしたないと思いつつ、つい足はステップを踏む。

シルフィアにとっては三年ぶりの外出だ。神殿には窓から入る日射しも木立をざわめかせる風もあったけれど、大地を踏みしめる感触と全身で浴びる木漏れ日はまた格別だった。

早朝に神殿を訪れたリュートは、信頼のおける数名の護衛だけをつけ、秘密裏にシルフィアを連れだした。シルフィアも何も訊かずに従った。

（マリリアンヌ様を怒らせてしまった以上、わたしの居場所はもうない）

なんとかつなぎ合わせたニケの似顔絵だけを携え、シルフィアはリュートの用意した馬車に乗り込んだ。

ポルト村を訪問したいと申しでたのはシルフィアだった。ハインは丸三日をかけて村へ帰りついたところであったが、シルフィアの訪問に驚きとよろこびの両方を滲ませ、転がるように家から出てきた。

「シルフィア様！　来てくださったのですね。ありがたいことです」

のです」

「見てください、いただいた薔薇は、水をやらずとも旅のあいだじゅう美しく咲いていた

ハインに続き、村人たちも出迎える。

「ようこそ、聖女様」

「まさかお越しいただけるとは……」

ひとしきりシルフィアを歓迎したあと、村人たちは聖女の隣に佇む青年を見上げた。貧しい農夫からとってみれば立派な身なりであっても、式典のような正装をしているわけでもない。ジャケットを省略した服装に乗馬用のブーツという簡素な格好だ。

「あんたはシルフィア様の護衛かい？　さすが、凛々しいお姿をしていらっしゃるね」

「シルフィア様をお守りしておくれよ、聖女様だからな」

リュートも護衛の一人だと思ったようで、人々はにこやかに話しかける。リュートのほうも話を合わせて、「はい、シルフィア様をお守りします」などと応えている。

（その方は、わたしよりもずっとずっと身分が上の方なのだけれど……!!）

シルフィアは冷や汗を拭う。護衛がいるとはいえリュートの身分を明かすわけにもいかない。第二王子だと知られれば混乱が起きる。

「あっあのっ、さっそくですが畑を見せてくれませんか!?」

「もちろんですとも。どうぞこちらへ」

慌てて言うと、ハインは村の奥へ続く道を示した。意図に気づいたリュートが苦笑いを漏らす。

「そんなに私に気を使わなくともいいんだよ」

「ですが……」

そっと囁かれて眉をさげる。

もちろん、リュートがこんなことで気分を害するなどとは思わない。だが、自分に付き合わせたうえに、と考えれば気が引けるのだ。

「シルフィアを守るという点では間違っていない」

「お、畏れ多いことです」

笑うリュートにシルフィアは頬を染める。

ハインに案内され、シルフィアたち一行は村の中央を横切って進んだ。小屋が集まった広場から少し離れて小川が流れ、その両岸は開墾されて畑が広がる、のどかな風景だ。けれど、畑には生気がなかった。植えられた種は一応芽吹いてはいるのだが、肩を落とすようにどこかぐんにゃりと萎(しお)れて、これから成長していく雄々しさがない。

農民同然の生活をしてきたハーヴェスト家の一員として、芽吹きの大切さはよく知っている。それだけに村人たちのつらさがよくわかった。手塩にかけて育てるはずの作物が今の時期からこの有様では、寄る辺ない心細さでいっぱいだろう。

リュートですら思わず眉をひそめた。

「これは……」

「昨年から実りは悪くなっていたのですが、今年はとくに酷い。これでは花を咲かせることもなく枯れてしまうでしょう」

「けれど、どうしてこのような……」

シルフィアは目を凝らした。

畑全体に、黒っぽい霧のようなものがかかって翳っている。嫌な感じのする霧だった。

「リュート様……畑に黒いものが見えませんか？」

「いや、わからないが……」

村人を怯えさせないようリュートだけにこっそり尋ねると、リュートは首を振った。

ならば、この霧はシルフィアにしか見えないらしい。

黒い霧は畑の反対側へ行くほどに濃くなってゆく。その先には四方を壁に囲まれた大きな屋敷があった。

「あの建物はなんですか？」

「あれは領主様のお住まいです。たしか、名はバレク様と」

「バレク様？」

聞き覚えのある名にシルフィアはおうむ返しに呟き、すぐに思い出した。マリリアンヌへ薔薇を贈った騎士カーティスの姓だ。

領主はカーティスの親類なのであろう。

（黒い霧が、あのお屋敷から染みでている気がするのだけれど……）

領主の屋敷なのであれば、おいそれと近づくわけにはいかない。

それよりも今は畑を助けることだと、シルフィアは気持ちを切り替えた。

神殿の外で祈ったことはない。神殿から離れて昨日のような力が出せるかもわからない。

けれど、神殿にいたときと同じように、シルフィアは精霊の存在を感じた。

（リュート様も信じてくださったのだもの）

目を閉じて祈りを捧げる。

（この霧を払い、畑が本来の姿を取り戻しますように。精霊の恵みを受け、よりよい姿になりますように）

じんわりと、身体の奥からあたたかな力が湧いてくる。

（ああ……これは、春の息吹だわ。それに澄みきった清廉な泉、種を運ぶ風……）

生命力そのものが、シルフィアに与えられたようだった。薔薇を成長させたときよりももっと強い。

シルフィアは手をさしのべた。

白い聖衣をまとった全身から光があふれだす。きらきらと空気が輝く。

目を閉じているシルフィアは自分の変化に気づいていないが、周囲の人々は息を吞む。

「精霊よ、ご加護を――」

ざあっと背後から風が吹いた。風は煌めきながらくるくると踊るように楽しげに畑を吹きわたり、黒い霧を散らしてゆく。霧の消えたあとには、押し潰されるようだった芽が瑞々しい双葉を広げた。

それだけではない。まるでこれまでの遅れを取り戻そうとするかのように、畑のあちこちで種は芽吹き、芽は茎をのばし、すくすくと成長してゆく。

わあっと村人から歓声があがる。

彼らの渇望していた春の光景が目の前に訪れたのだ。

「ありがとうございます、シルフィア様！」

「やはりシルフィア様は聖女じゃ、奇跡を起こしてくださった」

「ああ。はっきりと見たぞ。我々もシルフィア様を見習って、精霊へ祈りを捧げます」

「精霊のお力です。感謝の気持ちはどうぞ、精霊へ」

はじめての大役をこなし、シルフィアは頬を染めてはにかんだ。口々に浴びせられる称賛はおもはゆい。

シルフィアにとっては、これは自分の力ではなく精霊の力だからだ。

(精霊と人との橋渡し役として、一歩を踏みだすことができたわ)

こうして精霊を信じ、祈る人々が増えれば、ヴァルティスとティティアにとっても暮らしやすい場所になるはずだ。それはシルフィアが求める未来であった。

(でも……)

ひとつだけ不安を覚え、シルフィアは畑を眺めた。

精霊の加護を持った風によって黒い霧は吹き払われたが、あのバレク家のものだという屋敷の周りだけにはまだ霧がわだかまる。

（この霧はなんなのかしら……）

胸騒ぎを覚え、シルフィアはきゅっと拳を握った。

そんな彼女をリュートも気遣わしげに見つめる。

「リュート様……お願いがあるのです。わたしをほかの村にも連れていっていただけませんか。もしかしたらほかでも、同じようなことが起きているのかも……」

「ああ、わかった」

頷くリュートにシルフィアはようやく笑顔を見せる。

「ありがとうございます、リュート様」

黒い霧は恐ろしいが、いいこともあった。シルフィアの力でこの霧は浄化できるということだ。ならば困っている人々を助けることができるだろう。これまで神殿にやってきた顔ぶれを思い出す。

（サマ村のおじいさんに、ガラド村のケネおばさん、ミカルノ村の人たちも……）

シルフィアが加護の力を使うことで、精霊の存在が皆にも伝わる。そうなれば精霊への祈りは増える。

「リュート様。マリリアンヌ様が神殿に戻られて、わたしが不要になったら」

「そんな、君が聖女だと信じると言ったろう。神殿には君が――」

「いいえ、聖女はどちらでもいいのです。むしろ、二人ともなれるのだとわたしは思います。だから」

シルフィアはリュートを見た。

己のやるべきこと、進むべき道が見えた、強い意志を持ったまなざしだった。

「聖女としてではなく、ただの平民としてでかまいません。国内を巡り、人々に精霊について伝えていきたいと思います。そうすれば皆さんのお役に立てるでしょうから」

「……そうか。君らしいな」

神殿にとどまるよう説得しようとしていたリュートも、ふっと口元をゆるめ、肩の力を抜いた。

そんなリュートをシルフィアは眩しそうに見つめる。

（マリリアンヌ様が戻られたら、わたしの役目は終わり。リュート様ともお別れになる……でも、少しでもわたしの行動が、国の役に立つなら）

それはきっと、第二王子であるリュートの恩に報いることにもなる。

シルフィアはそう信じた。

二

王都周辺の村々をまわり、シルフィアは畑や家畜を癒していった。黒い霧を浄化し、土地に加護を与える。

どの村でも、不作や家畜の衰弱の原因は黒い霧だった。霧はうっすらとかかっているだけのときもあれば堆積(たいせき)したように村じゅうに澱んでいることもある。

最後に訪れたミカルノ村では、畑一面が黒く沈み、惨状すら見えなかった。

「土地が枯れ果て、ひびわれている。これでは芽の出るはずもない」

「そんなに酷いことに……」

「わからないのか?」

「はい。黒い霧……いえ、もはや霧とは呼べません。泥がこびりついているようです」

シルフィアは前に進みでた。手を組み、精霊に加護を祈る。

「ヴァルティス様、ティティア様、どうかご加護を……」

空気を輝かせ、虹色の風が吹いた。へどろのような澱みの上部が吹き飛ばされて宙に散ってゆく。

「おお……! 土地がよみがえっていきます。ありがとうございます、聖女様!」

よろこびの声が聞こえた。だが、リュートもシルフィアも表情は固いままだ。

これまでの土地では、一度祈れば霧は晴れ、作物にも生命力がいきわたった。それに比べてこの村では、ようやく土地に湿り気が戻ってきた程度。

「……この村は、王家の直轄領のはずだ……」

王都付近には直轄領が多い。普段は役人や管理を託された貴族出身の子弟たちが見まわり、何かあればすぐに報せが届くはずだった。だが、リュートですら、これほどの被害が出ていたことを知らなかった。報告もせず、援助もせず、役人たちはのうのうと王都で暮らしていたに違いない。

（領内の管理にもほころびが出ている）

眉を寄せるリュートをシルフィアは心配げに見上げた。

（リュート様はご自分を責めていらっしゃるのね……そうだわ）

思いついた案に、シルフィアは背すじをのばした。

「リュート様、皆様。もう一度……今度はいっしょに祈ってくださいませんか」

子どもたちがシルフィアと祈ったとき、聖紋が光ったと言っていた。あれは精霊が応えようとしてくれたのではないだろうか。精霊たちはシルフィアを特別扱いしてくれたけれど、そんなことはないはずだ。

「祈り……ですか」

「そういえばこのところ、祈っていなかったかも……」

「神殿へ行く暇もありゃしなかったからねぇ」

「精霊には祈りの力が必要です。どうかお願いします」

言って、シルフィアはふたたび畑に向き合った。膝をつき、深く頭（こうべ）をたれる。シルフィアに倣い、村人も、リュートや護衛の騎士たちも膝をついた。

（これが王家の怠慢ならば、どうかお許しを……精霊よ、恵みをたれ給（たま）え）

シルフィアからは一歩下がっているものの、一番近くにリュートの気配を感じた。目を閉じて指を組むリュートの真摯な心情がシルフィアにも伝わってくるようだ。精霊が受けとってくださらないはずがない。

「どうかもう一度、精霊のご加護を……！」

同時に、「どうかご加護を」「お願いします」と声があがった。

（この方々を、リュート様を、助けたいのです……！）

シルフィアは祈る。

数秒、村は沈黙に包まれた。風は吹かない。先ほどとは違って応える物音はないかのように思われた。

だが、落胆が心に忍びよる前に。

ぽこっ、と足元で音がした。

見下ろす視線の先には、黒い霧からちょこんと顔を出す双葉。

と、見つめるシルフィアの前で、葉は膨らみ、茎はのび、枝分かれした先に新たな葉ができる。

やがてあちこちで芽吹きの音が聞こえた。

土を穿ち芽が顔を出す音。茎が勢いよく成長し風を切る音。茂った葉鳴りの音。

同時に、畑は多様な緑に埋め尽くされ、やがて花まで咲き乱れる。風が吹く。空からではなく、大地の中心から。楽しげに踊る植物たちが風を起こす。

それは命の大合唱だった。

「こ、これは……!!」

驚きの声をあげたきり、眼前の奇跡を形容する術を持たず、人々は押し黙った。

おそらくは、幾度も種をまき、芽の出ぬまま枯れていたのだろう作物が一気に成長し、花咲き始める。

黒い霧は粉々に砕かれ、きれいに消え去った。シルフィアはほっと息をつき、リュートと村人たちをふり返った。

「わたしひとりでは畑を完全によみがえらせることはできませんでした。これは皆さんの祈りのお力です」

「わしらの祈り……」

「はい。祈ればこうして、精霊は応えてくれます」

「そうか。精霊はわしらの声を聞こうとしていたのに、わしらは祈ることをやめていた」

「たまに祈っても、おざなりにしておりました」

「これからまたよい関係を築いていけます。精霊と皆さんとの」

「……!」

笑顔を見せたシルフィアだったが、安堵すると同時にくらりと激しい眩暈を感じた。

よろめく身体をリュートの腕が抱きとめる。

「すまない、無理をさせた。休んだほうがいい」

「リュ、リュート様……」

「馬車での移動と村の再生ばかりだった。神殿を出るのは三年ぶりなんだ。もっと気遣わなければいけなかったのに……」

深刻な顔つきのリュートからシルフィアは慌てて身を離した。

リュートに笑顔になってほしくてもう一度祈ることを決めたのに、こんな顔をさせるのは本末転倒だ。

「もう治りました。ありがとうございます。家にいたときは元気だけが取り柄でしたから、お気になさらないでください」

「ほら、またそれだ」

「あ……」

「君はもっと自分を大切にしたほうがいい」

苦笑するリュートにシルフィアは口元を押さえた。

「私にも気遣わせてくれ。……今回のことは、王家の失政でもあると思っている。これほどに村が疲弊しているとは知らなかった」

貴族たちは実態を隠して色よい報告をあげていた。それを助長したのはマリリアンヌの贅沢好きと国王や王妃の無関心だろう。

「私も、一抹の不安を覚えながら目を背けてきた。もっと広い見識を持たなければならなかったんだ」

リュートはシルフィアの手をとった。人々からそう見えているであろう、聖女に仕える騎士のように、頭をたれ、白い甲に口づける。

「リュート様……⁉」

真っ赤になった顔を隠すこともできず、驚きに目を見ひらくばかりのシルフィアに、リュートは目を細めた。

「君の旅に私も同行させてくれ。君を守ると出会った人々に約束した」

「‼」

思ってもみなかった申し出にシルフィアの心臓は壊れたように鼓動を打つ。

(まだ……リュート様のおそばにいてもいいの……？)

ふたたび眩暈を起こしそうになっているシルフィアに、遠くから見ていた村人たちが心配そうに声をかけた。

「あのう、聖女様？　お具合が悪いんじゃねえか？」

「あっ！　いいえ！　大丈夫です‼　わたしは昔から元気だけが取り柄で……！」

「聖女様はお疲れだ。休める場所はあるか」

首を振るシルフィアを遮ってリュートが告げる。

「ええ、聖女様には粗末で申し訳ねえが、宿屋の特等室を用意してあります」

「村を救ってくださった聖女様だもの、おもてなしさせてくださいまし」

「そんな、もったいないことです」

先導する村人のあとをシルフィアは恐縮しながらついていく。お飾りの存在だと思い続けてきた自分がそれほどの扱いを受けるとはまだ信じられない。

「長いこと神殿に参ることも忘れていました。今後は聖女様のように、まじめにお祈りをしなきゃなんねえって言い合ってたところですよ」

「祈りは精霊の力となるそうだ。あなた方が祈ればシルフィア……いや、聖女様の疲れもとれるかもしれんな。彼女のためにも祈ってくれ」

「もちろんですよ！」

リュートが言うと、人々は笑顔で頷いた。

「騎士様、あんたもお役目熱心でいい人だねえ」

「どうですかおれらと一杯」

「ほう、ではいただこうかな」

（あああ……その方は第二王子なのに……!!）

悪戯っぽく笑うリュートに内心で頭を抱えつつも、

（こんなふうに……リュート様と旅ができるのかしら……？）

楽しげな未来の想像に、シルフィアもまた顔をほころばせた。

用意された宴（うたげ）はささやかながらも楽しいものだった。

「今年は実りが悪くて申し訳ねえが」

焼きたてのパンはちぎるとあたたかな湯気と小麦の香りを弾けさせた。小麦の状態がよければもっと甘みが増すらしいが、シルフィアにとってみれば十分なご馳走だ。ほおばりすぎないように気をつけつつ、あれもこれもと目移りしてしまう。

「おいしい！　とってもおいしいです！」

「でも聖女様は、もっといいものやめずらしいものをお食べなのでは？」

「あっ、え、えーと、はい、それは……」

言葉に詰まるシルフィアと複雑な表情になるリュート。神殿では日中のほとんどをお腹を空(す)かせてすごしていたなどと言えば聖女の印象を悪くしてしまうだろう。夜にリュートが運んでくれる食事は王宮からのもので高級品も多いが、お腹いっぱい食べることはできない――これもまた、口にするのは憚られる。

不思議そうな顔をする村人たちへ、シルフィアはぐっとこぶしを握った。

「おいしいものは、おいしいですから!!」

それは金額やめずらしさでは測れないものだ。シルフィアのためにもてなしをしてくれることが嬉しい。

「このパンはこの村の小麦で作ったのでしょう？　今度はたくさん、おいしく実りますようにって、お祈りしますね」

頬を染めてほほえむシルフィアに、村人たちも笑顔になった。

「ありがとうございます。聖女様は、わしらに向き合ってくださるお方だ」

「思い出すのぉ……アナスタジア様も、この村にお越しになったことがあった」

ぽつりと老婆が呟いた。

「アナスタジア？　大伯母様が？」

「話を聞かせてくれないか？」

思わず声をあげるシルフィアの隣で、リュートが身を乗りだす。

ふたりの想定外の反応に老婆は照れたような困ったような表情になり、

「話といっても……アナスタジア様が、そう、シルフィア様のように土地の加護を祈ってくださった。美しいお人でな、アナスタジア様が祈ったあとは土が輝いたように見えたもんだし、翌年は豊作だった」

「土が輝いて……」

「ええ。シルフィア様ほどではありませんが、たしかに聖女様でしたよ。なのに何べん言っても息子や娘は信じなくなっちまってねぇ」

老婆のため息に座っていた人々が気まずそうに視線を逸らした。

「これからはきちんとお祈りするよ」

「わたしもよ」

「おお、そうしておくれ。この婆も心を込めてお祈りをするからね」

シルフィアも自然、頬がゆるみ、にこにこと笑顔を浮かべてしまう。

ぽん、と頭に手が置かれた。見上げると、リュートも目を細めてほほえんでいる。

言えば、リュートは「なんのことだ」と首をかしげて笑った。

「リュート様、ありがとうございます」

実感できた。精霊と人とをつなぐ存在になりたいという目標も明確になった。

リュートが連れだしてくれたおかげで、力の活かし方を知った。人の役に立てることが

先ほど倒れかけたこともそうだが、加護の力についても言っているのだ。

「は、はい、ありがとうございます……」

「元気になったようだな」

ミカルノ村で一晩をすごし、シルフィアとリュートは王都への帰路についた。

「精霊の加護を君が受け入れたならば、父上に謁見したほうがよいだろう」

とリュートが言ったからだ。

ふたりはまだ知らなかった。

ポルト村をはじめとし、シルフィアによって救われた村の人々が感謝の品を持って神殿へ参ろうと王都へ詰めかけている最中であり、彼らは道ゆきで出会った人々に自分たちの見た奇跡を語った。日に焼けて土の匂いのする顔に朗らかな表情をのせて語られれば、誰でも信じないわけにはいかない。まだ実らぬ芽のうちから村人たちを安堵させてくれるような畑は、まさに奇跡としか言いようがないからだ。

シルフィアの聖女としての名声は急速に高まっていたし、数日後には王都周辺でその名

を知らぬ者はないほどになる。

そしてそれがリュートのもうひとつの狙いだった。

三

マリリアンヌはアントニオとともに、ハニーデイル家の屋敷の広間にいた。結婚に際し、〝王太子妃〟のドレスや宝石、家具も新調すべきだとマリリアンヌが宣言したからである。

王都じゅうの商人たちを呼び、広間に所狭しと商品を並べさせつつ、揃わぬうちから気に入ったものを次々と買いつけてゆくマリリアンヌ。王妃であり母親であるヘレディナの命令で支払いは王家になるのだが、アントニオもまた、顔をしかめることもなく、むしろ喜色満面に浮かれていた。

「あたしにはアントニオ様だけですもの、それはおわかりでしょう？」

妖艶な笑みにだらしなく頬がゆるむ。ついにマリリアンヌが結婚を承諾し、王座に手が届く。それを思えば多少の出費は気にならないほど有頂天になっているのだ。

「あぁ、わかっているよ。君と結婚できるのは俺しかいない」

これまでの浮気には黙って耐えてきた。本命が自分であることを知っていたからだ。マリリアンヌの目当てが自分の地位と金であることは理解しているが、それでいい。アントニオの目的もまた、マリリアンヌの美貌と聖女という肩書。

国王となる者は聖女を伴侶として得なければならない。それが精霊を掲げるこの国の掟。すでに国王も王妃も当の聖女ですらも精霊を信じていないとしても、そのしきたりだけは続けられていた。

「あたしはなにも好きで殿方と遊んでいるわけではありませんのよ。アントニオ様が国王の座に就かれたときに備え、味方を増やしているだけのこと。王家とハニーデイル家と貴族たち、皆で手をとり合っていかなければ」

品物を運びながら、商人たちは努めてふたりから顔を逸らした。客は王太子であり、その婚約者だ。先ほどからの会話は要領を得ないが、婚礼の支度が大きな儲けの種であることは間違いない。

気を遣われていることには気づかず、アントニオは鼻高々に頷いた。

「それもわかっているよ、美しいマリリアンヌ」

「聡明な方。なら、身内に裏切り者がいると、お教えしますわ」

「……なんだと?」

宝石のついた首飾りを掲げ、マリリアンヌは赤い紅を引いた唇をにやりとたわめる。

「リュート様ですわ。あの方だけはあたしに靡かなかった……まるであたしを厭なものを見るかのような目で見ていました。聖女であるあたしを」

「リュートか。あいつは昔からそうだったな……堅物で融通が利かない」

アントニオもリュートの内心は感じていた。享楽的なアントニオと生真面目なリュートは、幼いころにはよくぶつかった。今ではほとんど会話をしないが、シルフィアの境遇を知ってからというもの、改善を何度か求められた。

「だが俺に逆らうようなやつではない」

「それが、リュート様はシルフィアに夢中なのですわ」

「シルフィアに？」

「ええ。誰もいない夜中、神殿にお忍びで通われていますの。あたし、シルフィアが聖女を騙（かた）ったのはリュート様のお力添えがあったせいだと思いますわ」

　マリリアンヌの言葉にアントニオの表情はひきつった。シルフィアと薔薇についての噂や、それを咎（とが）めたマリリアンヌを逆上して突きとばしたことについては、すでにマリリアンヌから聞いて知っている。

　リュートがシルフィアに肩入れしているのは、元来の愚直さゆえだと考えていた。だがそこまで接近しているのなら狙いは明白だ——と、自分の物差しでしか他人を測れないアントニオは考える。

（シルフィアを聖女と偽り、彼女と結婚すれば、国王の座を手に入れることができる）

　純粋にシルフィアの境遇に同情し、そのまっすぐな心根に胸を打たれたからだとは、夢にも思わない。

「今、リュートは王宮を留守にしているが……」

　アントニオは眉をひそめた。リュートがいないおかげで、政務が滞っている。兄に逆らう気配を見せず黙々と実務をこなす弟は扱いやすく見えていた。そんな姿も自分を陥れるためのものだったと思えば、憎しみは急激に燃えあがる。

「シルフィアといるのです。神殿も今はもぬけの殻。悪だくみをしているに違いありませんわ」

「まさかあいつがそんなことを考えていたとはな」

「それで、アントニオ様……」

さすがにほかの者に聞かれてはまずいと思ったのか、マリリアンヌはすりよるようにアントニオへと身をもたせかけた。婚約者のいつにない積極的な態度にアントニオも笑み崩れる。

豊満な身体を押しつけ、ひそり、とマリリアンヌは王太子の耳元に毒を囁いた。

「シルフィアを、処刑してしまいましょう。このあたしを突きとばし、危うくけがを負わせるところだったのですもの」

「そうか……そうだな。ふふ、君はなんて賢いんだ。聖女を騙り、正統な聖女に手をあげたのなら罪状は十分だ」

これまでのアントニオならば、自ら決断をくだすことは避けただろう。だが今の彼は手をのばせば届く距離まで近づいたマリリアンヌと王位に高揚していた。

(シルフィアさえいなくなればリュートの企みは崩れる。あとは俺が国王になってからゆっくりと処分を決めてやればいい)

薄い唇は歪み、残忍な笑みを形づくる。

(俺の王としての第一歩だ！)

マリリアンヌから身を引くと、両手を広げ、今度はわざと芝居がかった大声でアントニオは告げる。

「ならば早く婚礼の支度を整えて神殿に戻ろう。君のような美しい聖女のほうが民もよろこぶというものさ」

「ええ。宝石はもう十分ですわ。あとはドレスと……香水と……」

シルフィアの未来を塗り潰したマリリアンヌは、仄暗い愉悦にくすくすと笑い声を立てながら歩きまわった。

「さあ、品物を見せてちょうだい。聖女にふさわしいものをね」

声をかけられ顔をあげた商人はロシオだ。

「聖女様……ですか？　代替わりされるので？」

ロシオが不思議そうに尋ねると、アントニオはマリリアンヌの肩を抱きよせて笑った。

「このマリリアンヌが正統な聖女だ。神殿にいる女は偽の聖女なのだよ」

「偽の？」

「そうだ。もうすぐそのことが明らかになるだろう」

(神殿にいるのに、ニセモノ……？)

胡乱な表情を浮かべそうになり、ロシオは慌てて顔をうつむけた。

商売がうまくいくようにという自分本位な願いであったが、ロシオもよく神殿へ詣でては祈っている。神殿で彼に対応するのはシルフィアだ。ともすれば軽蔑されがちな富裕層相手の商売品を、シルフィアは「こんなにきれいなものが世の中にはあるのですね」と褒めてくれた。

何度か通ううちに彼女の心から湧きでる清浄な空気に感化され、儲けはしてもあくどい真似はすまいと誓ったところである。

（あの方が、偽の聖女とは。とてもそんな方には見えなかったが……）

ロシオの脳裏には、笑顔のシルフィアが映っている。

むしろ、ちょっとした食事の差し入れにすら大きな感謝を返すシルフィアは、日頃かけひきの世界に身を置く商人の心を癒やしてくれた。

（あんなふうに言うほうが罰当たりに思えるがなあ……本当にこの方が聖女になるのだろうか）

腰に差していたシルフィアの薔薇を見咎められぬようそっとポケットに突っ込んで隠しつつ、まだロシオは内心で首をかしげていた。

「ちょっと！　ぼさっとしていないで、品物を出してちょうだいよ」

「はい、はい。ただいま」

鋭い声に小走りに駆けつけたロシオのつま先を、ヒールが踏みつける。

「いたっ!!」

「並べるだけもできないなんて、商人のくせに売る気がないのかしら」

「も、申し訳ありません」

痛む足と浴びせられる罵声にロシオは身をすくめ、急いで香水の箱をとりだした。

（いったいシルフィア様はどうなってしまわれるのだろう……）

心の中ではシルフィアの身を案じながら。

四

シルフィアが神殿に戻ったのは夜の闇がすっかりと神殿を覆ったあとだったが、日中に集っていた人々の熱気がまだそこらに残っているようにも感じられた。

奇跡の噂を聞きつけた民たちがシルフィアを一目見ようと次々に神殿を詣でたのだ。扉の前には花束や手製の人形が置かれ、誰かが持ってきたらしい壺（つぼ）には数々の硬貨が投げ込まれていた。

「今日はゆっくりと休んでくれ。明日迎えに来る」

「はい。ありがとうございます、リュート様」

シルフィアが頬を染めて頷く。

扉が完全に閉まるまでシルフィアを見送り、リュートは淡いほほえみを浮かべた。

すぐにその表情は真剣なものに変わる。

（シルフィアが聖女であることを父上に認めさせねばならない。だがそのためには、なぜハーヴェスト家が聖女の資格を奪われたのかを確かめる必要がある）

王宮へ戻り、人払いをすると、リュートは足音を忍ばせて暗闇の廊下を渡る。しんとした空気からしてアントニオとマリリアンヌは出払っているようだが、それ以外の者の目にも触れないほうがいい。

向かった先は東の離れ。庭の片隅にぽつねんと佇む小さな屋敷は視線を遮るように高い生垣に囲まれており、ようやく見える二階の窓から明かりが漏れていた。番兵がリュートに気づき無言で扉を開ける。リュートも目配せだけして滑り込むと、中は厳めしい外観と正反対の柔らかな空気に満ちていた。

壁には森や花畑の絵画がかけられている。そしてそれらよりももっと多く、花瓶に活けられた花々が芳香を放っていた。

覆いのかかった暖炉の前に、ひとりの男が腰かけている。豊かな体格とほとんど白くなった金髪が、老いた男に威厳を添えていた。

「なんの用だ、リュート」

「お祖父様。大切なお話があります」

頭をさげるリュートに、祖父であり、先代国王であるディミトリ・ギムレットはほほえんだ。先代国王でありながら彼がこのような離れに家族と別れて住んでいるのは、現在の王家への反発からにほかならない。

ディミトリが来訪をよろこぶのはリュートだけだ。それ以前に、ほかの者がこの屋敷を訪れることはなかった。偏屈な老人——と、アントニオは祖父をそう感じている。

顔をあげたリュートの真剣な顔つきに、ディミトリも表情をひきしめた。

「聞くまでもなかったな。聖女の噂はわしの耳にも届いている」

「お祖父様の妃は、ハーヴェスト家の聖女がなるはずでした。けれど彼女は精霊の怒りに触れ、飢饉が起こり、ハーヴェスト家は聖女の資格を剝奪された……そしてハニーデイル家の者が聖女となった」

ディミトリの眉間に深い皺が刻まれた。表情は嫌悪でも、悲痛でもあるように見える。

「何があったのですか？　精霊の怒りは、本当にハーヴェスト家へ落ちたのでしょうか」

「……わからぬ。わしにもわからぬのだ。当時、ハーヴェスト家の聖女であったアナスタジアは、誰が見ても聖女の資質を備えていた」

今のシルフィアと同じように、アナスタジアは王都にいるあいだは毎日神殿を清め、やってくる人々とともに祈り、王都の民からは信頼されていた。また、王都だけでなく、求めに応じて各地の畑で祈りを捧げることもあったという。

「ミカルノ村の老婆に話を聞きました。アナスタジアが祈ったあとは、豊作だったと」

「そうだ。彼女が聖女となって二年は、豊かな恵みが続いた」

王宮に突如として不作の報せが舞い込んできたのは、三年目の春。アナスタジアが「これまでより多くの土地へ行きたい」と願い、祈りの旅に出て数か月後のことだった。

「各地の作物が広範囲に枯死した。樹木は枯れ、乾いた畑からはひねびた枯れ草が顔を出しているだけ、家畜は見る間に痩せ細り、次は人間……まさに地獄のようだった」

　リュートの背にぞっと寒気が走る。

　とくにアナスタジアのいた東部は酷い有様だったという。だが、当のアナスタジアは、弁明のために王宮に呼びだされようとも頑として応じず、そのまま消息を絶ってしまった。

「ですが、それだけでハーヴェスト家の怠慢だと決めつけるのは早計ではありませんか」

「ベアルネだ」

「……お祖母(ばあ)様？」

「ベアルネが祈ると、土地や植物が元に戻った。……奇跡が起きたのだ。それがなければ、飢饉は一年ではすまなかった。何年も続き、エルバートの民の半数が斃(たお)れただろうと言われている。もちろん王家や貴族も」

　リュートの脳裏にシルフィアの〝奇跡〟がよみがえる。たしかにシルフィアは聖女の力で病み衰えた作物の芽を癒やしてみせた。話だけを聞けば、ベアルネにもその力があったように思える。

「飢饉が去ったあと、ベアルネは言った」

――飢饉は精霊の怒り。その原因はアナスタジアが祈りを怠ったせいです。

「反論する者は誰もいなかった。わしもできなかった。父からの命令でいまだ現れぬアナ

スタジアとの婚約を破棄し、ベアルネと婚礼を挙げた。だが……」

ディミトリの眉間の皺は苦悩を示して深くなる。

祖母ベアルネの聖女時代をリュートは知らない。聖衣をまとう母ヘレディナの姿もおぼろげな記憶しかない。だが現在のマリリアンヌへの態度を見ていれば、祖父が〝誰が見ても聖女の資質を備えていた〟と評価するアナスタジアとは天と地ほどの差があったに違いない。

「ハーヴェスト家が聖女の資格を取り戻すことはないのですか？」

「わしも何度か試みた。だが父上とベアルネの反対にあい、グエンも結局はハニーデイル家の者を聖女とし、妃とした」

「ハーヴェスト家の者が精霊に背くとは思えません。誰が聞いているかわからぬ」

「あまり大きな声で言うな。誰が聞いているかわからぬ」

たしなめられてリュートは口をつぐむ。だがその目は炯々(けいけい)としていた。

「私はこれまで兄の目を恐れ、シルフィアに何もしてやれませんでした。でも今は彼女を守りたい」

「シルフィア……マリリアンヌに代わり神殿に勤めているという者か」

「はい。お祖父様、ほかにも当時のことで憶(おぼ)えていることはありませんか？」

「そうだな……」

リュートの情熱が燃え移ったかのように、ディミトリの目にも光が差した。ふとその目は細められて、視線は遠くを眺める。

「そうだ。旅に出る直前、アナスタジアは、精霊の声を聞いたと言っていた……」

「精霊の声を？」

「わしだけに教えてくれた。祈りの旅を望んだのは、もしかするとそれに関係があったのかもしれぬ」

「精霊の声……祈りの旅……」

奇妙な符合にリュートは胸騒ぎを覚えた。

シルフィアも精霊と語り合い、力を与えられ、国を巡りたいと願っている。

（シルフィアと同じだ）

（彼女の身にも危機が迫っているのか？）

リュートはこぶしを握る。

その懸念は、ある意味では当たっていた。

五

王宮へと戻る馬車の中、マリリアンヌは笑みを浮かべてアントニオにしなだれかかっていたが、内心では苛立ちを燻ぶらせていた。

ひと晩の眠りでいくらかの冷静さをとり戻したアントニオが、起き抜けに顔を合わせる

なり、

「やはりすぐに結論の出せるものではない」

と言ってきたからである。

「リュート様が王位簒奪を企んでいるのは火を見るより明らか。あたしはアントニオ様の御身を心配してのことなのですわ。アントニオ様にもしものことがあれば……」

涙ながらに自身の命の危険を仄めかせば、のんきな王太子は顔をひきつらせ、

「そうか、そうだった。やはり思い切った処断をしなくては」

などと奮起してくれたが、どうせまたすぐ日和見に向かうに決まっていた。

強く出られない性格は御しやすかったけれど、こうしていざというときになると失望を誘う。

(このあたしの願いなのだから、迷う理由などないはずよ)

苛立ちはアントニオだけでなくシルフィアにも向けられる。マリリアンヌが着るはずの純白の聖衣を着、民たちを誑かすやさしい笑みを浮かべるシルフィアの姿を想像し、それを命じたのがほかならぬ自分自身であることを棚にあげてマリリアンヌは歯噛みをした。

神殿に居続けなければならないはずのシルフィアはリュート王子と外出し、長く留守にしているという。シルフィアが増長しているのは明らかだ。

(早く、早くあの子を処刑してしまわなければ)

そうなったとき、自分を邪険にしたリュートの顔がどれほどの苦痛に歪むことか。マリ

リアンヌの紅い唇は妖艶な笑みを浮かべた。

「――おい、どうした？」

声をかけられてハッと我に返る。顔をあげればアントニオが怪訝な顔を向けているのは自分ではない。御者が困ったように振り返った。

「神殿に人が集まっているようです。王宮への道が塞がれて……」

「またなの？」

マリリアンヌの眉がきつく寄る。そのうえ今回の人だかりは以前の比ではなかった。

小窓を覗くと、老若男女、王都の民から周辺の村々の農夫と思える者まで、波のように押しよせている。

「なんだ、これは……」

「ちょっと、邪魔よ！　どきなさい！」

呆気にとられるアントニオの横で、窓をひらき怒声を浴びせるマリリアンヌ。しかし顔をあげて馬車を仰ぎ見た人々は、うろたえるどころか、親切さの滲む笑顔さえ見せた。

「あなた方も行きなさるといい。シルフィア様が神殿にお戻りになったのです」

「ええ、そうですよ。本当に嬉しいこと」

「シルフィア？」

よろこびにあふれる彼らには、鋭い声に宿った憎しみが聞こえない。

「知らないのですか。聖女様ですよ！」

「各地で土地を癒やされて、神殿へ戻ってこられたのです」

バンッと激しい音を立てて馬車の窓が閉まる。人々の驚いた顔が硝子に映った。馬車の中では、マリリアンヌがアントニオに詰めよっている。

「おわかりになりましたでしょ、アントニオ様！　今止めなければ、この国はめちゃくちゃになりますわ」

「ああ、君の言うことはよくわかったよ、マリリアンヌ」

ひきつった笑みを浮かべながらアントニオは同意した。

大きな変化が起きようとしているらしいことだけはアントニオにもわかった。

本音を言えば、そんなことに向き合いたくはない。

――神殿を留守にするのがいけないのなら、ちょうどいい娘がいるではありませんか。ハーヴェスト家のあの娘でも置いておけばいいのではなくて？

ほかの男と遊び歩く婚約者の態度にアントニオが難色を示したとき、マリリアンヌは笑ってそう言った。そういう問題ではないとはねつけられない弱さが悪かったのか。

（どうして俺がこんな目に遭うんだ）

父がしてきたように、マリリアンヌの顔色を窺いながら、ハニーデイル家におもねりながら、安寧に暮らせればそれでよかった。だが、これまでにないほど身をすりよせてくるマリリアンヌの顔は、凶相としか思えない。

「あたしだけです。あたしだけが本当にアントニオ様のことを考えておりますの。ねえ、おわかりでしょう?」

思考の内側を撫でるような声に、蒼白になりながらアントニオは頷いた。

第四章　精霊顕現

一

国王グエン・ギムレットは頭を抱えていた。全身から汗が吹きだし、眩暈がする。ついでに昔の古傷が疼(うず)くような気もした。といっても幼少期に木登りで落ちて作った傷で、彼の身体にも心にもそれ以上に大きな負担がのしかかったことはなかった。これまでは。

(なぜ余がこのような目に)

それが息子と同じ恨み言であるとは知らず、目の前の二人を睨んでしまう。

――厳密には、二人と、二柱の精霊を。

ことの発端は、数時間前。

書類の決裁などを行う執務の間に、アントニオとマリリアンヌが肩を寄せ合ってやってきた。

「我々は正式な婚礼を挙げたいと思います」

待ちかまえていた報告だった。もとよりグエンに否やはない。彼の妻ヘレディナも母べアルネもハニーデイル家の出身であり、癒着しきったハニーデイル家に逆らえない理由が王家にはあった。

ハーヴェスト家とハニーデイル家の二家が聖女の家系として立っていたのは、そうならぬためもあったのだ。それに気づいたのはヘレディナが当然のように幼いアントニオと生まれたばかりのマリリアンヌの婚約を整えたときであったが、そのときにはもう手の施しようもないほどにハニーデイル家は王家の身深く入り込んでいた。

「ハニーデイル家が王家に成した献身をお忘れではないでしょうね？」

ヘレディナの口癖は、神殿から横領した多額の金を指している。グエンはヘレディナが結婚に頷くまで数々の要求を呑まされ、その後も頭があがらない。

王家の権威などすでに失墜している。それでもハニーデイル家に縋っていれば安泰だ。

「おお、おお。もちろんだとも。早いほうがよかろう。日取りが決まればさっそく貴族どもを集めよう」

マリリアンヌがその気になったのならめでたいことだ。グエンはすぐに婚礼の許可を与えた。

しかし、王位に近づいたよろこばしい瞬間だというのに、アントニオの顔色はすぐれない。

「父上、もうひとつお許しいただきたいことがあるのです」

青白い顔でアントニオは一歩近よった。

「なんだ」

「今神殿にいるシルフィア、あの者は聖女を騙り、この国を混乱させようとしています。――あの娘を処刑する許可をください」

これには一瞬、グエンは絶句した。

マリリアンヌは自信たっぷりの目で義父となる彼を見つめている。そしてまたアントニオも、仄暗い決意の燃える目で父親を見据えていた。

「聖女を処刑だと？」

「聖女ではありませんのよ、国王陛下。アントニオ様がおっしゃるとおり、シルフィアは聖女を騙っているのです」

「あの娘はただの代理として納得していたのではなかったのか？」

「シルフィアは奇跡を起こしたと喧伝しています。目的は聖女の座を奪うこと以外に考えられないでしょう」

グエンの眉がひそめられる。

マリリアンヌに猶予を与えるため、資格を失ったハーヴェスト家から少女を出仕させたというのは聞いていた。その少女が奇跡を起こし、聖女の力に目覚めたらしいという噂も。

ハニーデイル家が聖女の地位を独占してからというもの、聖女はすでに名目上の肩書となっていた。ただその肩書があまりにも重要なのだ。王太子が国王となるためには、聖女を娶り、精霊の加護を得たという建前が必要だ。シルフィアが自分こそが聖女だと主張した場合、アントニオの王位自体が危うくなる。

だが、処刑というのは穏やかではない。

「処刑など……民が許さぬのではないか」

「驚きましたわ、国王陛下までそんなことをおっしゃるのですか。あの女は怠惰で飢饉を起こした家の者です。聖女であるわけがない」

「民の人気！　それこそがあの女の狙いなのです。影響力を増す前に処刑しなければ、国はマリリアンヌとシルフィア、ふたりの聖女を巡ってふたつに分かれてしまうでしょう」

「むう……しかし、殺すというのは」

「父上」

なおも渋るグエンに、アントニオは顔を覗き込むようにして近よった。

「俺も先ほどまでは迷っていました。ですが父上の態度を見て、マリリアンヌの言うことが正しいとわかりました。そうやってあいつらは徐々に混乱を広げていくんだ」

「アントニオ？」

「リュートはすでにあの偽聖女に魅入られています。俺やマリリアンヌを殺し、王位を手に入れようとするでしょう」

「リュートが……！　まさか、そんな」

グエンの目が見ひらかれる。息子の瞳の中に、弟に対する憎しみが蒼い焔となって燃えているのを、彼は見た。王太子の座で享楽に耽ることではぐらかそうとしていた不安が、アントニオを囚虜にしていた。

「父上が本当は俺よりもリュートを好いていらっしゃるのはわかっています。王位もリュートに継いでほしかったのでしょう？　あいつはお祖父様や父上に取り入るのがうまかったですからね」

「そんなことは……」

「ですが父上は国を混乱させぬため、伝統に則って兄である俺を王太子とした。その決意を今さら翻しはしないでしょうね」

「それは、も、もちろんだ……」

ふるえる声でグエンは応える。第一王子であるアントニオを王太子と決めたとき、リュートは何も言わなかった。逆ならそうはいかなかっただろう。アントニオは駄々をこね続け、そこに貴族たちの思惑が加われば、国が割れる不安があった。

国を守るため、決断をしたのだと、グエンは自分に言い聞かせた。それが正しい決断だったと信じたかった。

「父上のかわいいリュートを助けるには、シルフィアを殺すしかないのです。あの女がいなくなればリュートも諦めがつくでしょうから」

「……」

「おわかりいただけましたね」

「……わかった……」

グエンは力なく頷いた。彼にできたのは、息子の豹変ぶりの責任を押しつけるべくマリリアンヌを恨みがましい目で見つめることだけだった。だが実際には、蓄積したリュートへの鬱屈を爆発させる引き金となったのはグエンの迷いだ。

「王家の命令に背き、国を惑わそうとする偽聖女を処刑する。そしてマリリアンヌが聖女となる。劇的じゃありませんか。民もすぐにシルフィアのことなど忘れるでしょう」

「ええ。シルフィアにできてあたしにできないわけがありませんわ。しっかりと民の心をつかんでみせます」

アントニオとマリリアンヌは満足げな笑顔を見せると部屋を出ていく。

顔も知らぬ少女に罪悪感を覚えながらも、

(これでよかったのだ)

とグエンは自分を慰めた。自分は重責を持ち大きな決断をした。それは立派なことだ。これまで積み重ねてきたものを守るにはシルフィアに犠牲になってもらうほかない。

(国のためだ……ハーヴェスト家は役目を放棄し自滅した家。そんな家の娘のために国やリュートが犠牲になることはない)

だが、問題は終わっていなかった。

それからしばらくして、アントニオとマリリアンヌの二人と入れ違いになるように、リュートがシルフィアを連れてやってきたのである。

なぜか自分を見たとたん怯えたように声を漏らすシルフィアを背後に庇いながら、リュートは言った。

「父上、このシルフィアこそが、真の聖女です。私はこの目で確かめました。彼女は精霊の力を借り、奇跡を起こしたのです」

――それが父王の逆鱗（げきりん）に触れるとは知らぬまま。

二

リュートに連れられて国王へ謁見したとき、無礼とは知りながらシルフィアは思わず悲鳴をあげてしまった。

訪れた村々で見た黒い霧。

あれと同じものが、国王の執務室へ、またグエン自身にも、まるでべったりと墨を塗ったように張りついていたからだ。

やはりリュートには黒い霧は見えないようで、シルフィアを庇うように前に出たが、シルフィアが何に驚いたのかはわからずに戸惑っている。

「どうした？　シルフィア」

「黒い、霧が……」

「黒い？　畑でも言っていたものか？」

頷くシルフィアにリュートは目を凝らすが、彼の目から見た室内に変わったところはなかった。

だが、シルフィアは底冷えのするような気配に怯え、ガタガタとふるえている。

「自然のものだけではないのか……浄化することはできるだろうか」

「は、はい。おそらく。けれどそれには、国王陛下のご協力が必要です」

村々での奇跡を見たリュートにとって、シルフィアの恐怖は信じるに値するものだ。し

かし当然、グエンには緊迫した空気が伝わらない。

むしろシルフィアを案じるリュートの態度は、アントニオたちに吹き込まれた陰謀を裏

付けるもののようにグエンには感じられた。

マリリアンヌに注がれた毒は、アントニオからグエンへと伝染し、増幅してゆく。

「お前たち、なんの話をしているんだ!?　アントニオの言ったとおり、国を惑わそうとし

ているのか、偽聖女め……！」

憎しみをたぎらせたグエンの視線にリュートは瞠目した。

「アントニオがシルフィアを偽聖女と言ったのですか？」

「ああそうだ。お前を籠絡し、聖女の座を奪おうとしていると。どうやら正しかったよう

だな」

「父上！　話を聞いてください――」

「ええい！　衛兵ども！　何をしている、早くこの娘を捕らえろ!!」

「!!」

国王の命令に兵士たちが駆けつけてくる。

リュートはシルフィアを背に隠し、兵士たちの前に立ちふさがった。

「やめろ、お前たち！」

「リュート様、おさがりください!!」

「リュート様……!!」

遮られた視界からも、兵士たちの持つ剣は見える。すべてを取り囲み押し潰すような黒い霧も。

リュートに刃が向けられる。

シルフィアは息を呑んだ。

(リュート様を守りたい……!!)

——そのときだった。

シルフィアの心の叫びに呼応するかのように、音を立てて窓がひらく。室内を突風が走り抜けた。風はそれ自体が盾であるかのように兵士たちを扉へ押しやり、外へ放りだす。

バン!!　と大きな震動をあげて扉が閉まった。シルフィアが目を見ひらく。

「ああ……っ!!」

「大丈夫だ、シルフィア。彼らは傷ついてはいない」

リュートの言葉どおり、扉の向こうからは「どうした⁉」「何があったんだ！」と声が聞こえているが、怪我人は出ていないようだ。

「それよりも……」

リュートが見上げるような仕草をする。シルフィアも視線の先を追った。

室内では不思議な光景が展開されていた。

兵士たちを追い払った風はその場で渦を巻き、空気は徐々に光り輝く――。

その中心から、赤い髪の少年と、青い髪の少女が現れた。二人とも、姿かたちは少年や少女といえるが、見慣れぬ衣装に、尖った耳。そのうえ、宙に浮いている。

明らかに人間ではなかった。

ぱちり、と二対の目がひらく。

「ヴァルティス様、ティティア様……‼」

『シルフィア！』

『やっとこちらの世界に来られたわね』

「わ、わわ……っ‼」

シルフィアの姿を見たヴァルティスは途端に空気を蹴って、満面の笑みで腕の中に飛び込んでくる。ついで無表情なティティアも。わたわたと手をのばして受け止めると、シルフィアはほっと息をついた。

いつの間にか周囲に立ち込めていた黒い霧は消えている。ヴァルティスとティティアが

現れたときに吹き飛んでしまったのだろう。

『シルフィアのおかげで、わたしたちに祈ってくれる人間が増えたのよ』

『久しぶりのシャバの空気！』

『ヴァルティス、言葉遣い』

『だって何年ぶりだろう！　ええと……わかんない☆』

『人間の暦で言うと、五〇年ぶりくらいかしらね』

以前に会ったときと同じ、騒がしいヴァルティスに冷静なティティア。ふたたび彼らの声を聞くことができ、シルフィアからもほほえみがこぼれる。

それ以上に深い喜悦の色をたたえたのは、グエンだった。

「でかしたぞ、シルフィア！」

シルフィアに走りより両肩をつかむと、悲鳴のような歓声をあげる。

「父上？　何を……それより彼らは」

困惑するリュートと喜色満面のグエン。彼らの視線はともにヴァルティスとティティアに注がれている。精霊が見えるのだ。

「精霊を顕現させた！　本当にいたのだな。これで我が国には豊穣（ほうじょう）が約束される。余は歴代の王の中でも最良の治世を行った者として、語り継がれるだろう！」

揉（も）み手どころか舌なめずりまでしそうな表情を浮かべ、グエンは手をさしのべた。

「さあ、精霊たちよ。神殿へお越しください。そして聖女であるマリアンヌのもてなしを受けてください。このシルフィアは、聖女ではない。聖女の資格を失った家の者で、お飾りにすぎないのです」

グエンの言葉にシルフィアは眉を寄せる。悲しいが、本当のことだ。シルフィアに馴れ馴れしく精霊を抱きしめる資格はないのだ。

しかし腕の中の精霊たちはグエンに対し、冷淡な目つきを向けるだけ。

『さっきからなんなの？　この人。シルフィアに失礼すぎじゃない？』

『ほんと。シルフィアがいなきゃこの国は滅んでいたというのに』

「……なに……？」

『ねえシルフィア、こんなところにいないで外に出ようよ』

精霊たちの目にはシルフィアしか映っていない。

ここへきて、グエンの曇った目にも、ようやくシルフィアと精霊たちの仲睦(むつ)まじい様子が届いた。

精霊はシルフィアの危機に応じて現れ、シルフィアの名を呼んだ。

——父上、このシルフィアこそが、真の聖女です。

リュートの宣言が脳裏にこだまする。

「聖女……シルフィアが……？」

『そうだよ。シルフィアはぼくたちが認めた聖女』

『シルフィアのおかげでわたしたちの力は強くなった。この土地に加護をもたらすことができるほどに』

「マリリアンヌでは……ないのですか？」

呆然と呟くグエンに、ヴァルティスとティティアは揃って首をかしげる。

『だからさあ……それ、誰？』

『知らない名前ねぇ』

「し、しかしハニーデイル家は聖女の家系で……！」

『知らない。ていうか、おじさんも誰？』

『国王らしいけど、ろくな統治をしているとは思えないわね』

「……!!」

精霊たちの言葉に、グエンはがくりとうなだれた。

どうあがいてもマリリアンヌが聖女になれないことを悟ったのだ。噂は真実だったのだとグエンにも理解できた。シルフィアは精霊の力を使い、薔薇を生い茂らせ、リュートの報告によれば枯れた畑を復活させた。何より目の前に精霊が降臨し、シルフィアこそが聖女だと宣言した。

(民の心がシルフィアに向くのは確実だ)

シルフィアと敵対すれば、王家は民の支持を得られなくなる――。

グエンの予想は当たっていた。ただし、グエンはまだシルフィアを過小評価していた。

薔薇の一件はすでに王都の民に広がり、商家にもシルフィアの支持者はいたし、シルフィアが畑を救ったことは村の人々によって近隣の農村にも語り伝えられていた。すでに民衆は神殿へ集っている。

それだけ早く〝聖女の奇跡〟が広まったのは、毎日神殿で参拝者に寄り添い、自ら祈り続けてきたシルフィアの行動ゆえ。

だが、アントニオを廃嫡し、マリリアンヌも不当な聖女だったとなれば、グエンの失政は隠しようのないものになる。それだけは耐えられない。妻から軽んじられ息子たちからの敬意も得られなかった彼にとって、国王の地位は唯一のよすがだった。

座り込んでいた椅子から立ちあがると、グエンはふらふらとシルフィアに歩みよった。

シルフィアの手をとり、膝をつく。

「父上？」

「陛下、お顔をあげてください……！」

「シルフィア、お願いだ。どうか」

一気に老け込んだ顔に皺を刻みながら、グエンは苦悩の呻きを漏らした。

「アントニオと結婚してくれ」

「‼」

「何を言っているのですか、父上‼」

激昂したのはシルフィアではなく、リュートだった。青ざめた顔で拳をふるわせる。ヴァルティスとティティアはあいかわらずふわふわと宙に浮きながら首をかしげている。

「国王は聖女を伴侶に迎えなければならない。マリリアンヌが聖女となれぬ以上、それだけは違えるわけにはいかないのだ」

「国王陛下……」

シルフィアも答えに窮して絶句してしまう。

もとよりシルフィアは〝聖女〟の肩書きに固執しているわけではない。マリリアンヌが精霊と心を通じ合わせることができるなら、彼女が聖女でよいと考えていた。リュートのことも、お飾りの聖女という役目が終われば離れるのだと自分に言い聞かせていた。祈りの旅に同行すると言われたときは天にも昇る気持ちだったのだ。

それが――。

「ハニーデイル家は財産を没収し、ハーヴェスト家を復興させよう。シルフィア、君は王妃になれる。精霊の加護も得て安泰だ。国じゅうを周り、精霊について民に説いてくれ。さもなくば民は王家を信用しなくなり、国は割れる」

「そんな……」

「君にしかできないことだ。余が間違っていた。君が聖女なのだ」

願っていた、ハーヴェスト家の復興。祈りの旅、精霊との橋渡し役。

（けれど、そのためにはアントニオ様と結婚しなければならない……？）

予期していなかった王命に頭が真っ白になる。

聖女だからという理由で想ってもいない相手と結婚することは正しいのだろうか。

（アントニオ様の隣でわたしは、心からの祈りを捧げることができるのかしら……？）

混乱した思考を破ったのは、ふたたびリュートの声だった。

「父上、理由はそれだけではないでしょう？」

やや落ち着きを取り戻した声で、けれども視線は厳しく、リュートが詰めよる。

「常々疑問に思っていたのです。シルフィアは神殿に持ち込まれた贈りものを様々に話してくれるけれども、実物を見たことはほとんどありませんでした。その前にマリリアンヌが持ち去ってしまうからです」

「リュート……」

「神殿は民から収穫物の一〇分の一を税として徴収しています。なのにシルフィアには届かない。食事も与えられていなかった」

シルフィアは身を小さくしてうつむいた。シルフィア自身、お飾りの聖女なのだから、報酬が与えられるとは考えていなかった。家族への支援があるだけ幸せなことだと信じ込んでいた。けれどそれは、リュートから見れば人道に外れたことなのだ。

もっと自分を大切にしたほうがいい、というリュートの言葉を思い出す。

「ハニーデイル家は聖女の役目を全うすることなど考えていない。そうでしょう？　神殿のための税や、寄進として持ち込まれる金品を、彼女らはずっと自分の懐に入れていた。マリリアンヌのように。そして、父上、あなたは――」

ふたたび怒りが湧きあがり、リュートはギリッと奥歯を噛みしめた。

「あなたは、ハニーデイル家から分け前を受けとり、ハーヴェスト家から聖女を出すことを拒み続けた。精霊のためなどではない」

「そんな、まさか」

信じられないというようにシルフィアは首を振った。王家とハニーデイル家が結託し、精霊への寄進を掠めとっていたのか。

（だから祈りも供物も精霊に届かなかったの？）

青ざめるシルフィアにグエンは舌打ちをする。

「シルフィアを聖女と認めたのも、すべては己の安寧と贅沢のためだ。彼女の加護の力があれば金などいくらでも手に入るから」

「違う！　国のためだ！　国の繁栄のため……ひいては精霊たちのためにもなる！」

グエンが叫んだ瞬間だった。

言葉を発した口から、ごぼりと黒い霧が漏れる。

「!!」

シルフィアがあとじさる。今度はリュートにも見えた。シルフィアを怯えさせていたのはこれだったのかと背筋が寒くなる。

「ハニーデイル家が……あいつらが悪いんだ。ハーヴェスト家を嵌めたのはあいつらだ。国のためには金が必要だ。ハニーデイル家に独占されるわけにはいかなかった……それから我々はあいつらの言いなりだ。余が生まれたときから、ずっと！」

国王に自覚はないのだろう。己は悪くないのだと言い募るたび、霧は口からこぼれて滴り落ちた。たるんだまぶたから覗くどんよりと翳った瞳。荒らげた呼吸。

「余の責任ではない！　判断を間違ったのは父上やお祖父様だ！」

徐々に、黒い霧は部屋に充満していく――先ほどシルフィアたちが入ってきたときのように。

『あーあ、せっかく祓ったのにね』

ヴァルティスの声にシルフィアはふりむいた。ヴァルティスとティティアは驚いた様子もなく、平然とグエンを見つめている。

「ヴァルティス様、これは……」

『これはね、瘴気だよ。えーっと……ティティア、説明よろしく』

『加護の力は生命力。精霊を信仰し、精霊と心を通じ合わせることで生まれるの。でも瘴気はその逆』

「逆……？」

『精霊を裏切り、精霊のためと言いながら精霊をないがしろにする心から生まれる。瘴気が増幅し続ければわたしたちは人間界とのつながりを断たれ、加護を与えることができなくなる……精霊の怒りとは、よく言ったものね』

（まさか、夢で会ったときのヴァルティス様とティティア様が真っ暗な場所にいたのは――）

戦慄するシルフィア。

ティティアはグエンの前に移動すると、腕を振りあげた。

びゅうっと風が吹いてグエンの身体は横殴りに吹き飛ばされた。壁に頭を打ちつけ、「ぐげえっ!!」と声をあげて白目をむく。瘴気は消えていた。

だがそれは一時的なものにすぎない。

『このおじさんが心を改めて正しい言葉を口にしないかぎり、瘴気は生まれ続けるよ』

ヴァルティスは肩をすくめて床にのびているグエンを見た。

『感謝すべきものを侮り、自らを驕る態度は、他人も蝕む。抱えきれずあふれだした瘴気は土地を蝕んでいく。誰だって嫌な気分の場所にいたくはないでしょ。植物だって動物だってそう』

『この人、相当な瘴気を心にため込んでるね。今のままじゃ、先は長くない』

リュートは表情を曇らせたが、動こうとはしなかった。こぶしを握り、じっとグエンを見つめる。

(それだけのことをしてきたのだ)

だが、視界を横切りグエンに近づいた者がいた。白い聖衣に象牙色の髪。シルフィアだ。

シルフィアはグエンの隣に屈み込むと、指を組んで精霊たちを見上げた。

「お願いします、ヴァルティス様、ティティア様。どうか国王陛下にご加護を」

『ええー!? シルフィアのことあんなにバカにしたのに!?』

リュートも驚いた顔でシルフィアを見つめた。

「それでも、目の前で苦しんでいる人を見捨ててはおけません」

シルフィアの真摯な瞳に、ヴァルティスとティティアが顔を見合わせる。

『……ま、それもシルフィアらしいか』

ヴァルティスがシルフィアの肩に座ると、小さな身体が光った。

『このおじさんを許すんじゃないよ。シルフィアの願いに応えるだけ』

精霊の持つ生命力が流れ込んでくるのをシルフィアは感じた。ポルト村やミカルノ村で作物を芽吹かせた力だ。それがシルフィアの手から、グエンに分け与えられた。

「ヴァルティス様、ティティア様」

血の巡りを取り戻していくグエンの顔色を見ながら、シルフィアは言った。

「人間は、変わっていくものです。よいほうにも、悪いほうにも」

重たげなまぶたがゆっくりとひらく。焦点を取り戻した瞳は、まだ濁ったような色をしていたが、それでもこれまでとは違っているようだ。

それが自分の思い違いではないようにと、リュートは願った。

三

マリリアンヌは上機嫌だった。

お飾りのくせに聖女を騙ろうとした勘違い女を処刑できると思えば、心は楽しく弾んでくるものだ。

彼女にとって、神殿や婚約者に縛られる〝聖女〟という肩書は邪魔なだけのものだった。唯一よいところといえば数々の贈りものが届けられ、アントニオも言いなりで、贅沢し放題なところ。とはいえ、アントニオに使わせている金はもとはといえばハニーデイル家が王家に渡してやっているものである。

それぞれの領地に、精霊を祀るため、加護を祈るために必要なのだと通告して税を出させる。または、信心深い者たちから供物として届けられたものを着服する。そうやってハニーデイル家は財を成してきた。

邪魔なハーヴェスト家が没落したあとは三代にわたって王太子との婚姻をくりかえし、政治に疎い王家に金を流してきた。ハニーデイル家がなければ、王家も成り立たない。

そのことを理解している小賢しい領主たちの中にはハニーデイル家に直接贈りものをする者もある。そうやってハニーデイル家はますます栄えていく。

（ふふふ……ついに、処刑すらあたしの思うままになったわ。国王陛下もあたしや伯母様には逆らえない）

だが、弾む胸を押さえながら神殿前の広場にさしかかったマリリアンヌが見たものは、閉ざされた大扉だった。

「神殿に戻ったんじゃなかったのかしら？」

そのころリュートとシルフィアは入れ違いに国王と謁見していたのだが、マリリアンヌは知らなかった。

扉の前には人々が集まっており、朗らかな表情で語り合ったり、扉の前から祈ったりしている。扉の前には台が置かれ、小麦やパン、野菜を供える者、壺に銅貨を投げ入れる者もいた。

高価な贈りものを携えた貴族は一人もいない。神殿は民たちの集いの場となり、マリリアンヌからしてみれば貧乏くさく、落ちぶれて見えた。

シルフィアが戻ってくるまで、この光景を眺めながら待つのは面白くない。

「アントニオ様、シルフィアがどれだけ罪深いことをしたのか、民人たちに教えてやりましょう」

にんまりと笑うとマリリアンヌはアントニオを伴って神殿へ進んだ。兵に命じて人混みを散らすと、神殿の大扉をこじ開けさせる。

何が起きるのかとざわめく人々の視線を浴びながら広間の中央に陣どったマリリアンヌは、両手を広げると高々と声をはりあげた。

「さあ！　皆、聞きなさい！　あなたたちは今聖女を目にしているのよ。あたしこそがほんものの聖女。シルフィアはニセモノなの！」

神殿を囲む人々は、ぽかんとした表情で突然乱入した美しい女を見た。

豪華なドレスをまとい、髪にも腕にも宝飾を輝かせ、顔には濃い化粧をしている。迫力と存在感のある美貌は、たしかにマリリアンヌがただの女ではないことを悟らせた。

だが、人々の反応は悪い。神殿に入ってくることもせず、開け放たれた扉からおそるおそる中を覗くと、ひそひそ声で囁きかわすばかり。

(聖女様には見えねえなぁ……?)

(シルフィア様がニセモノって言ったって、あの方のほうが聖女様だと思うが……)

(シルフィア様は奇跡を起こしなすったんだろう? 枯れた畑を救ったと、おれはその村のやつに聞いたぞ)

喝采で迎えぬ王都の民たちに、マリリアンヌは眉を寄せた。

これまでただマリリアンヌ・ハニーデイルという人物であるだけでちやほやされてきた彼女には、シルフィアが人々と育んできた関係が理解できなかった。そのうえ精霊を信じようとせず、聖女の地位は自分を高める肩書にすぎないと考えているから、シルフィアの奇跡も種のあるインチキなのだろうと思い込んでいる。

「なによ、あなたたち! あたしの言うことが聞けないの!? シルフィアは偽聖女! あの女は聖女を騙った罪で、処刑されるのよ!!」

「そうだ!」

アントニオも広間じゅうに響くほど声を張りあげる。

アントニオもアントニオで、国王がすでにシルフィアを聖女として認めており、自分との結婚を画策したなどということは知らない。民の気持ちをマリリアンヌに向けておかなければと焦っていた。

「俺は王太子、アントニオ・ギムレットだ！　王太子の名において宣言しよう。このマリリアンヌこそが正統な聖女！　シルフィアは紛（まが）いものだ！　あの偽聖女は処刑されるであろう！」

処刑、という思いがけない言葉に、人々はざわめいた。

野次馬気分で見物していた人々も、これは冗談ではすまされないのだと気づき始める。

「そんな!!　おれはマルデク村からきたんです。おれたちの畑も枯れかけている。聖女様のお力で癒してもらおうと思ったのに、おれたちはどうしたらいいんですか！」

「うちもだ!!　シルフィア様がお戻りになったと聞いたから神殿へ来たのに――」

「だからあたしが聖女だって言ってるでしょ!?　あんな女よりあたしが聖女にふさわしいのよ!!」

金切り声をあげるマリリアンヌにあたりは水を打ったように静まり返った。どうなっているのかと窓からも視線が投げかけられるくせに、中に入ろうとする者はいない。

視線に含まれるのは困惑や不信。

（シルフィアのやつ、こんな農夫にまで媚びを売って……）

はらわたの煮えくり返るような思いをするマリリアンヌであったが、それを顔に出せば人々は離れていく。そのくらいはわかった。

ならば、シルフィアより自分のほうが聖女にふさわしいと認めさせなければならない。

民の心など軽いものだ、とマリリアンヌは高をくくっていた。

美しいマリリアンヌが自分たちのために祈る姿を見れば、すぐに心変わりを起こすだろう。シルフィアよりも民の心をつかんでみせると国王に言ったのは、本心だった。

「いいわ、あたしがあとで直々に出向いて祈ってあげるわよ。どこの村なの？」

「……マルデク村です……」

「おれは……」

旅の装いをした男は言いかけたまま口をつぐんでしまう。

マリリアンヌに村の名を明かしていいのかという逡巡が彼の口を濁らせたのだ。その態度に笑顔を装っていたマリリアンヌの頬がぴくりとひきつる。

（シルフィアを処刑しないかぎり、こいつらはシルフィアに縋り続けるわ）

怒りに歪みそうになる顔をなんとかこらえ、よりやさしげな笑みをはりつけると、マリリアンヌは出入り口までしずしずと進み、彼らの手をとった。

「あたしは騙されているあなたたちを哀れに思っているのよ。シルフィアの薔薇は別の人間が用意したもの。あの子は聖女の座を手に入れるために、あなたたちを利用しているだけ」

「そんな……」

男の瞳が不安に揺れる。

「加護の護符を作ったのもあたし。シルフィアは代理で管理していたにすぎないわ」

「そういえば……シルフィア様がそんなことを言っているのを、聞いたことがあるぞ」

王都民らしい男が考え込む顔つきで告げる。

「自分は聖女ではない、と。謙遜していらっしゃるのだと思ったが……」

ざわめきは大きくなり、人々は顔を見合わせる。表情には戸惑いが浮かんでいた。

（もう少しね）

マリリアンヌが笑みを深くした、そのときだった。

「聖女は、シルフィア様だ!!」

神殿に元気な声が響いた。

「みたもん！　かべがひかったの！」

「シルフィア様はニケのために毎日お祈りをしてくれた！」

見れば、質素な身なりの少年少女が神殿に走り込んでくる。孤児院の子どもたちだ。

ニケも、エドとセラスに挟まれ、唇をへの字に引き結んで立っていた。まだつたなさの残る幼い声は、それだけによく届いた。

「みんなもしってるでしょ!?」

「掃除をして、やってきた人を出迎えて、シルフィア様がずっと神殿を守ってたのよ！」

エドがマリリアンヌを指さした。

「ニセモノはお前だ!!」

健気な子どもたちの姿に、見物人の心がまたシルフィアへと動いたのがわかった。

「なんなのよ、あんたたち……！」

マリリアンヌのこめかみに青すじが立つ。

「兵よ！　こいつらを捕らえなさい！　聖女への不敬罪よ！」

　武器を持った兵の姿に子どもたちがたじろぐ。だが、周囲の大人が逃がそうと道を開けても、彼らは逃げなかった。

「シルフィア様はおれたちの話を聞いてくれた！　いっしょに祈ってくれた‼」

「そうだ‼」

　もうひとつの影が走りでる。肥えた身体で子どもたちを庇うように両手を広げているのは、ロシオだった。

「もう見て見ぬふりはできない！　シルフィア様は、我々の仕事を蔑んだことはなかった。だがあなたがしたのは、尊大な態度で大量の贅沢品を買いつけたことだけだ！　誰か一度でも彼女を神殿で見たか⁉」

「いいや‼」

　答えとともに、シルフィアに助けられた村の人々が飛び込んでくる。

「聖女はシルフィア様だ！　わしらも見たのです！　荒れた畑を祈りで癒やしてくれた！」

　人々の目は怒りに輝いていた。彼らも理解しつつあった。困窮の気配を漂わせていたシルフィアの生活が、目の前の着飾った令嬢を原因としていることを。

「何をしているの‼　兵よ、早く‼　全員捕らえて、牢に送っておしまい‼」

　マリリアンヌの怒号に圧され、兵たちは武器を構える。だが対する人々も一歩も退こうとはしない。

空気は一触即発の熱を孕んだ。

こらえきれず、見守る人々から小さな悲鳴があがる。

「やめろ!!」

喧騒を切り裂いたのは、凜と響く声。

兵が声のしたほうを見やり、慌てて姿勢を正す。人垣がさっと割れ、歩みよる人々に道をあけた。

神殿へ現れたのは、憔悴した顔の国王グエンと彼を守る兵士、寄り添うように並ぶリュートとシルフィアだった。

「武器をおろせ!!」

リュートが厳しい顔つきで命じると、兵たちはすぐに武器をさげた。

グエンはうつむいて視線を合わせようとしない。そのことに違和感を覚えながらも、マリリアンヌはまだグエンがシルフィアを処刑するつもりであると信じていた。

「国王陛下がいらっしゃったなら話は早いわ。どちらが真の聖女か、見せてあげようじゃない」

国王もリュートもシルフィア自身も、シルフィアがお飾りであったことはわかっている。ほんものの聖女が神殿へ戻ってきたのだ。自分は堂々としていればよい。シルフィアの居場所はもうないのだから。

事実、シルフィアはマリリアンヌを窺うようにおそるおそると視線を向け、血の気の引いた顔をしている。

シルフィアの目にはマリリアンヌにまとわりつく瘴気がはっきりと見えていた。先ほどのグエンのものよりも濃い。それは全身を覆い、マリリアンヌの顔すら見えなくなりそうだった。

瘴気に対する怯えを、マリリアンヌは自分の立場が危うくなったことに対する怯えだと勘違いした。

(でも、今さら怖くなって反省しても、もう遅いわ)

マリリアンヌは勝ち誇った笑みを浮かべる。

「さあシルフィア、その聖衣を脱ぎなさい。お飾りにはもったいないくらいだったわ」

シルフィアが聖衣を脱ぎ、ただの少女に戻るとき。そのときこそ、聖女を騙った罪でシルフィアが処刑されるとき。

どうなるのかと、詰めかけた人々は押し黙ったまま見守った。シルフィアがなんと答えるのか。いつものように、自分は聖女ではないのだと答えるのか――。

だが、怯えた様子のまま、シルフィアが口にしたのは、マリリアンヌの想像をはるかに裏切るもので。

「いえ、あの……聖女はわたしだと、精霊がおっしゃるのです……」

ぴしり、と空気が凍りついた音が聞こえたように、周囲にいた人々は感じた。

数秒の沈黙。

「──は？」

絞りだされるようなマリリアンヌの声は怒気を孕み、ぞっとするほどに冷たかった。

シルフィア以外の者たちにも見えた。怒りを通りこした憎しみがマリリアンヌの身体じゅうから立ちのぼっているのが。

思わず青ざめた顔を伏せるシルフィアであったが、胸の前で手を組むと決意を瞳に顔をあげ、マリリアンヌへと歩みよった。向き合ったシルフィアからマリリアンヌへ、まっすぐな視線が注がれる。

「精霊の……ヴァルティス様と、ティティア様が、わたしを聖女だと認めたのです」

ざわめく周囲にマリリアンヌは歪んだ笑いを浮かべた。

「まだそんなことを言っているの？　あたしの身代わりのくせに図々しいのよ……」

「聞いてください、マリリアンヌ様。精霊は本当にいるんです。人の心を見抜いておられます。マリリアンヌ様が罪を認めてくだされば、きっとお許しに……」

真心からマリリアンヌを案じるシルフィアの言葉も、ねじくれた心には侮辱にしか聞こえなかった。

「罪って、なんの罪よ‼」

「お願いします、マリリアンヌ様‼　精霊を信じてください！　このままでは、あなたが──」

涙の滲んだ瞳に宿る真剣な光も、瘴気に満ちた心には伝わらなかった。

「あたしがなんだっていうの!!」

腕を振りあげ、シルフィアの頬を打つ。祈るように手を組み合わせる仕草が癪(しゃく)に障った。

一度だけではおさまらず、神殿に何度も乾いた音が響く。

「やめろ、マリリアンヌ!!」

「離しなさいっ!!」

シルフィアの肩をつかみ引き倒そうとするマリリアンヌを、駆けよったリュートが押さえつける。

つかまれた腕を離そうともがくマリリアンヌに、シルフィアは頬を腫らしたまま涙ながらに訴え続けた。

「マリリアンヌ様。世界にはたくさんの美しいものがあります。ただ、感謝の気持ちを忘れてしまえば、それらは人を惑わすものになるのです。気づいてください、手遅れになる前に――」

「説教なんてたくさんよ!!」

髪を振り乱し、目を血走らせてマリリアンヌは叫ぶ。

「聖女を騙り、正統な聖女を侮り、人々を惑わし、以前には聖女であるあたしに手をあげた!!　さあ、国王陛下――」

マリリアンヌはグエンを振り返った。だがグエンは絶望的な顔でマリリアンヌを睨みつけるだけ。

マリリアンヌには意味がわからなかった。たった数時間前に、シルフィアは処刑すると合意したはずだ。

（リュート様が何か言ったんだわ……）

もう国王も役に立たない。

激しい憎しみのままマリリアンヌはアントニオにとり縋った。

異常ともいえる婚約者の姿にアントニオは逃げだしたい気持ちでいっぱいだったが、神殿を取り囲む人々がそれを許さなかった。彼らは今、ことの行く末をかたずを呑んで見守っている。ここで行われたことは王都中に広まるだろう。

シルフィアを処刑するのは嫌だ。だが、今さらシルフィアを許すなどとは言えない。それは自分たちが誤っていたと認めることになる——板挟みになったアントニオは、考えることをやめた。

「アントニオ様!!」

「あ、ああ、我々はここに、偽聖女シルフィアの処刑を宣言する!!」

マリリアンヌの怒声に押され、アントニオも声を張りあげた。

「ああ、なんてこと……!!」

シルフィアが崩れ落ちるようにうずくまる。涙を流すシルフィアの肩をリュートが抱きよせるが、その顔にも沈痛な表情が浮かんでいた。

グエンも魂を飛ばしてしまったかのように天井を見上げ、「もうおしまいだ……」と呟いている。

（いったいなんなんだ、これは）

リュートとシルフィアの哀れな姿にマリリアンヌが高笑いを響かせる。

だがアントニオは、不可解な父親の態度に不吉なものを感じとっていた。だいたい、シルフィアが薔薇を生い茂らせてからというもの、すべての歯車が狂ってしまったのだ。

（まさか、本当に――）

アントニオの不安に応えるかのように。

ふわり、と一陣の風が吹く。風に紛れて、かわいらしい子どものような声が届いた。

『ティティア〜、難しくてわかんなかったよう』

『ヴァルティス、あなたはもう少し人間の言葉を勉強したほうがいいわ』

風が去ったあと、そこには異形の存在が姿を現していた。

尖った耳をぴょこぴょこと動かしながら、赤い精霊――ヴァルティスは首をかしげる。

『ティティア、〝カタリ〟ってなに？』

『その人じゃないのにその人だって嘘をついたってこと』

『〝アナドリ〟は？』

『バカにしたってことよ』

『自分が聖女だって嘘をついて、聖女をバカにして、周りの人を混乱させて、聖女に乱暴した人を、処刑にするってこと？』

『そう』

『ふーん。そりゃもっともだね』

ヴァルティスとティティアの、場の空気に似つかわしくないどこかのんびりとした会話を、集まった人々も、マリリアンヌですらも呆然としながら聞いていた。

宙に浮かぶ小さな人影はこの世ならざるもの。

「精霊――」

誰かが呟く。その呟きは次々と伝わり、打ちよせる波のようにどよめいた。その場にひれ伏す者まで現れる。

しかし当の精霊たちは人間の畏怖を気にもせず、ヴァルティスは腕組みをしてくるくると宙をまわったあとに『わかった！』と叫んだ。

『聖女はシルフィアだから、シルフィアじゃないのに自分は聖女だってみんなに言って、シルフィアをバカにして、シルフィアを傷つけた人を処刑するってことだ！』

『そうねぇ。でもわたしが不思議なのは……』

ティティアの青い眸がマリリアンヌを見据えた。「ひっ」とひきつった声をあげるマリリアンヌ。

『どうしてあの子がそんなことを言ったのかってことなんだけど……』

『自分を処刑したかったんじゃない？』

『変わった人ね』

『で、ショケイってなにするの？』

『ヴァルティス……あなたね』

はあ、とため息をついてティティアは肩をすくめた。『付き合いきれないわ……』とぼやく姿はどことなくかわいらしいものであったが、笑えるだけの人間はいなかった。

「あ、あたしが処刑……？」

マリリアンヌにも徐々にわかり始めていた。

国王が冷たい目で自分を睨んでいる理由。シルフィアが涙ながらに改心しろと訴えていた理由。人々の、自分を見る目が変わっていく理由――。

『人間ってよくわからないのよね……そこのオジサマはシルフィアとアントニオを結婚させると言うし、シルフィアはあなたが聖女だって言うし』

「ほ、本当か……!?」

縋るようなアントニオの声にマリリアンヌは顔をあげた。そこにはかつて自分にかしずいていた男が、一筋の光を見つけて自分を捨てようとする姿があった。

そして、精霊の言葉で、自分にも希望の糸は垂らされていたのだとマリリアンヌは知った。それを自ら断ち切ったのだということも。

「シルフィアが……あたしを聖女だと……？」

「お前たちのために、シルフィアは精霊にとりなそうとしたのじゃ。アントニオ、マリリアンヌ、お前たちが精霊の心に適う者であれば、王太子と聖女の立場は変わることがなかっ

たのに、よりにもよって……神殿を冒瀆するなど……」

　覇気のない声でグエンが言う。

『うん。そう。祈りが届いていないのは何かの間違いだ、会えばわかる、マリリアンヌ様が祈ってくだされば……って言ってたんだけどね』

　ヴァルティスはちらりと背後に視線をやった。シルフィアはショックのあまり意識を失っているのか、ぐったりとリュートに身をあずけている。

　ヴァルティスの視線がマリリアンヌへと戻る。燃える炎のように揺れる赤い眸が、色を増した気がした。

『君は祈らなかったね』

　ぞくん、とマリリアンヌの背筋を悪寒が駆け抜ける。地面が裂けて飲み込まれてゆくかのような錯覚。立っていられなくなってマリリアンヌはアントニオに手をのばしたが、婚約者のはずの男はすげなくその手を振り払った。

　目を見ひらくマリリアンヌを、赤と青の視線がまっすぐにとらえる。

『ぼくらは君なんて知らない。ぼくらはシルフィアに力を与えた。聖女はシルフィアだ』

『ええ。これではっきりしたわね。わたしたちは、シルフィア以外の者を聖女とは認めない』

「そんな……っ、あたし、あたしは……っ」

　混乱と恐怖に涙を流すマリリアンヌ。

　前に歩みでたグエンが、アントニオを下がらせ、重々しく告げた。

「マリリアンヌ・ハニーデイル、精霊たちの神託どおり、偽聖女は貴様のほうだ。貴様の処刑を宣言する！」

「いやあああああっっっ！！！！」

神殿にマリリアンヌの絶叫が響き渡る。

「どうしてっ！　処刑なんて嫌よ‼　あたし何も悪いことなんてしていないじゃない‼」

『ええー……？』

ヴァルティスが理解不能を表して眉をひそめる。マリリアンヌが泣きわめいても、ヴァルティスとティティアは動じなかった。彼らにとっては自分たちに祈りを捧げ、人間の住む世界への道を作ってくれたシルフィア以外、どうでもよかったのである。

だからこのときも、ヴァルティスはきょとりと首をかしげ、

『だって君がそう言ったんじゃない』

「────！！！」

マリリアンヌが何を言おうが精霊たちの決定は覆らないのだ、ということを示しただけだった。

「嫌よ……処刑なんて……いやあああああっっ‼」

マリリアンヌはふたたび絶叫した。もはや言葉にはならないとぎれとぎれの叫びをあげ、よろけながら立ちあがると、神殿の扉へと突進する。

集まった人々を突きとばし、精霊への敬意を示して膝をついていた彼らを足蹴にして、

マリリアンヌは外へと駆けだしてゆく。靴すらも脱げ、自慢だった髪飾りや腕輪もばらまきながら。

「待て!!」

「なんだこの女っ、すごい力で……!」

「捕まえろ!!」

人々の怒号が飛び交う。マリリアンヌの悲鳴が混じる。

けれどもついに、燃えるような赤髪は、王都の雑踏の中に消えてしまった。

呆然と成り行きを眺めていた民衆は、兵によって追い散らされた。それがなくとも彼らは静かに帰途についただろう。シルフィアが憔悴しきっていることを皆が承知していた。神殿に贈りものを供え、頭をさげると、黙って立ち去る。

気を失ったシルフィアはリュートに抱きあげられていた。濡れたまぶたに口づけを落とし、リュートは眉を寄せる。

「シルフィアにはつらい光景を見せてしまった。様々なことがありすぎました」

『それにマリリアンヌ……彼女の瘴気もすごかったものね。シルフィアへの憎しみが嵐のように身体に渦巻いていたわ。あてられてしまっても不思議じゃない』

『シルフィアー……せっかくこっちにこられたのに、ちっとも遊べないよ』

ヴァルティスとティティアもシルフィアの顔を覗き込み、それぞれ頬に口づけした。瘴気を祓い、早く回復するようにとの想いを込めて。

リュートはそんな光景に口元をゆるめたが、すぐに鋭い目つきになってグエンを振り返った。

「父上。あとでお話ししたいことがあります。シルフィアの処遇について――」

「父上！　それならば俺も」

リュートが言い終わらぬうち、アントニオが肘で押しのけるようにして割り込んでくる。

「先ほどの話は本当ですか⁉　俺はシルフィアと結婚して、国王に――そうだ、こいつの家族に金を出してやっていたのは俺だからな。俺には恩がある。こうして見れば、かわいい顔をしているじゃ――ヘブッ！！！！！」

目をギラギラと輝かせて眠るシルフィアを覗き込もうとしたアントニオは、次の瞬間、青の聖紋の壁に叩きつけられていた。

白目をむいてしまったアントニオに先ほどの自分を思い出したのかグエンが顔をひきつらせる。

『このひとも瘴気に蝕まれているわね。祓っておいてあげたわ』

風をくりだしたティティアが腕をさげると、アントニオの身体は壁に沿ってずるずると倒れ伏す。

『だめよ。あの男とシルフィアは結婚させない』

『そうだよー！　シルフィアが好きなのは……』

『シッ、そういうことは外野が言わないの。人間はムードを大切にするんだから』

幸か不幸か、そのやりとりはリュートには聞こえなかった。

リュートはいつまでも腕の中のシルフィアを見つめていた。

四

目覚めて最初にシルフィアはマリリアンヌの身を案じたが、マリリアンヌの行方は杳として知れなかった。

もともと貴族たちのあいだを遊び歩いていたため、シルフィアのように平民に顔を知られているわけでもない。

「豪奢なドレスを脱ぎ捨て、粗末な身なりに身をやつしたならば、見つからないかもしれない」

リュートの言葉に、身を起こしたシルフィアは複雑な表情で頷いた。

「なら、処刑だなんてバカなことにはならなかったのですね……マリリアンヌ様が、精霊たちと和解できますように」

自分が処刑されるというのも信じられなかった。マリリアンヌだって信じたくないだろう。身から出た錆とはいえ、重い罰だ。

生きていればいずれマリリアンヌもわかってくれる日が来るだろうとシルフィアは願う。

シルフィアは知らなかった。

ほんの少しだけ、リュートは情報を隠していた。マリリアンヌの顔はあまり知られていない。それは、今は、という意味だ。アントニオとマリリアンヌが扇動しようと呼びかけた民たちは当然、マリリアンヌの顔を見た。そのうえ彼女は、シルフィアが偽聖女であるという演説をぶったらしい。印象は強く残っているだろう。

マリリアンヌの顔を知る者はいる。彼らは事件の顚末を人に話すに違いない。そうなれば、聖女を誹謗した者としてマリリアンヌを知る者は増えていく。

シルフィアが考えるようにマリリアンヌが逃げきれるかはわからない。

(――だが、それはシルフィアに言わなくていい)

心やさしい彼女を傷つけぬため、リュートは口をつぐんだ。

「アントニオは王太子の座から退けられた」

いずれリュートが新たな王太子として立つことになるだろう。

「シルフィア」

「はい」

「……体調が戻ったら、聞いてほしいことがある」

「リュート様?」

首をかしげるシルフィアに、リュートは眉をさげてほほえんだ。

(本当は今すぐにでも想いを伝えてしまいたい)

だが、それはシルフィアに負担をかける。この数週間でいろいろなことがありすぎた。まずは心を落ち着け、環境に慣れていかねばならない。

(リュート様、どうしたのかしら)

やさしいまなざしは常のリュートだが、歯切れの鈍さは彼らしくないとも思う。しかしそれが彼の恋心にまつわることなどとは思いもよらないシルフィアは、

「あの……どこか具合が悪いのでしたら、……」

「いや、体調はいいんだ」

加護の力で癒やすこともできるからとリュートの手をとりかけ、ハッと気づいて身を離す。赤らむ顔を隠し、シルフィアは自分を叱る。

(わたしったら、はしたない……!)

微妙な沈黙がふたりのあいだに立ち込める——と、

『シルフィア～?　ぼくたちのことは?』

『どうしたのか、聞いてくれないのかしら?』

ぴょこり、と顔を出したのはヴァルティスとティティアだった。ドアが閉じられていても、精霊たちは遠慮がない。

「おふたりとも、お元気そうで」

ほっとした笑顔を返すシルフィアに、精霊たちは悪戯っぽい笑みを浮かべた。

『ドアの前にたくさんの客がいるわよ』

『うん、でもシルフィアとリュートがふたりっきりで部屋にいるもんで、誰も声がかけられないみたい』

「!!」

これにはリュートもわずかに頬を染めた。すぐに顔色は戻り、ドアを開ける。

所在なさげに佇んでいたのは、王都やその周辺に暮らす貴族たちだ。

「すまなかった。入ってくれ」

マリリアンヌ逃亡の報を受け顔面蒼白で王宮へ駆けつけた彼らは、リュートとシルフィアがいるという部屋の前で宙を飛びまわる精霊を見、床に額をこすりつけて平伏した。

聞けばアントニオは王太子の座を追われ、その決定を下した国王も憔悴しきっている。

ハニーデイル家やマリリアンヌへと売ってきた媚びは、すべての効力を失った。

だが、いったい我が身はどうなるのだろうかと案じている彼らにも、希望の光はあったのである。

『あっ、ぼく知ってるよ！　カーティスは薔薇をくれた人』

『セドリックは宝石やドレスをくれた人ね。……精霊には意味のないものだけど、まぁ美しかったわ』

精霊たちの言葉に彼らは冷や汗でびしょぬれの顔をあげた。

『シルフィアが見せてくれたから！』

『そうね、シルフィアに感謝することね』

カーティスやセドリックから驚いた視線を向けられ、シルフィアはどぎまぎとしながら笑顔を浮かべた。

「贈りものは、皆さんのお名前といっしょに祈っていたので……」

『シルフィアは、人間界にあるきれいなものや美しいものを、わたしたちにおすそわけしてくれた』

『シルフィアの心を通して眺めることができたから、楽しめたよー！』

「それはよかったです」

にこにこと会話するシルフィアと精霊。精霊たちの信頼を得ているシルフィアを見、たしかに彼女こそがほんものの聖女であったのだと彼らは理解した。

一応、自分たちの贈りものは無駄にはならなかったらしい。それらはマリリアンヌに捧げたものであったが、シルフィアによって精霊たちにとりつがれていた。

『贈りものは、ちゃんとぼくたちに届いたよ』

ほっと胸を撫でおろす貴族たちに、けれど、ヴァルティスとティティアは冷たい視線を向けた。

『で、なんで君たち自身の〝祈り〟は届いてないんだろうね？』

『あなたたちからも感じるのよね、精霊を欺く瘴気を……今この場で吹き飛ばしてあげましょうか』

「……!!」

ふたたび床に額をこすりつけ、彼らは声にならない悲鳴をあげる。

「申し訳ございませんでしたあああ!!」

「これからは毎日祈りを欠かさぬようにします!!」

「ですから、どうか我々にも……いえっ、我々の領地にもご加護を……!!」

ひいひいと泣きわめく男たちにシルフィアも頭をさげた。

「ヴァルティス様、ティティア様、わたしからもどうかお願いします」

『まっ、シルフィアはそう言うと思ってたよ』

『心配しなくても、おいしいご飯のためならいくらでも力を貸すわ』

『精霊は忘れっぽいからねーっ』

『それはあなただけよ、ヴァルティス』

楽しげに声をあげる精霊の様子にシルフィアも貴族たちも安堵する。

(マリリアンヌ様も、どこかで心を改めてくだされば……)

瘴気が晴れ、いずれ精霊たちと通じ合う日が来るかもしれない。

貴族たちにかけられた言葉を、シルフィアはそのように受けとった。シルフィアは間違っていない。長い時を生き、様々な事態に遭遇してきた精霊たちはあまり個々の人間に思い入れを持つことはない。だからこそシルフィアは特別な存在なのだ。

マリリアンヌの横暴も、これ以降精霊たちを煩わせることなくつつましく暮らしていけば、精霊たちはすぐに忘れる。

心を改めてマリリアンヌが祈るとき、精霊たちは彼女を許すだろう。

果たしてそのころ、マリリアンヌはといえば——。

残念ながら、己の行いを悔い改めようという気はいっさい起こしていなかった。瘴気が沁(し)みついてしまったマリリアンヌの心には、他者の言葉は届かなくなっていた。

破れたドレスを飾る宝石を引きちぎり、事情を知らぬ店から馬車を借りてハニーデイル家へと急がせる。突進する馬車に人々は迷惑そうな顔をしたが、神殿へ詣でて一部始終を目撃した者も、その中に逃げたマリリアンヌが乗っているとは気づかなかった。

「お母様！　お母様！」

門番を押しのけて屋敷へ駆け込むと、婚礼の道具が並べられた広間を横切り、母を呼ぶ。客間へ、書斎へ、宝物室へ、半狂乱になったマリリアンヌが幽鬼のように歩んでいく。

そのときふと、夕日に照らされ、紅い光が瞳を差した。見上げる視線の先には紫天鵞絨(ビロード)のクッションに鎮座する紅い水晶。

鮮血色の錘(すい)を持つ六角柱石は、普段ならば半分以上をクッションに埋めて沈んでいる。

それが今日に限っては内側に煌めきを宿し、声を発しているかのよう。

(きれい――……)

魅せられるように手をのばす。

「何をしているのですか、マリリアンヌ!」

ハッとふりむくと、戸口には眦をつりあげた母の姿があった。

「お母様！　聞いて、あたし……」

「王宮の者が大慌てで報せをよこしました！　あなたが聖女の座を失ったと！　ハーヴェスト家がふたたび取り立てられ、ハニーデイル家は聖女の資格を奪われると！」

ひゅっと短く喉が鳴る。悲鳴をあげたくとも塞がった喉がそれを許さない。ひゅうひゅうと奇妙な吐息だけを鳴らし、マリリアンヌは目を見ひらいた。

彼女を見る母の目はもはや肉親とは思えぬ怒りと憎しみをたたえていた。

「お前のせいで……わたしと姉さんが手にしたものが……ハニーデイル家が築きあげてきたものが……!」

「きゃああああ!!」

どろり、と母の全身から滲みだしてきた瘴気に、マリリアンヌは今度こそ悲鳴をあげた。それが瘴気とは知らずとも、秘石を持つ彼女にはひどく恐ろしいものだということがわかった。

マリリアンヌの腕をつかみ、母は唸り声のような音を立てる。

「お前を王宮へ……！　ハニーデイル家の意思ではなかったと、そう申しあげて慈悲を賜るしかない」

「いやっ、嫌です!!」

「ぎゃあっ！　マ、マリリアンヌ!!」

突きとばされた母親は背後の品々を巻き込んで倒れた。磁器や硝子の割れる音に追われながら、マリリアンヌは屋敷を抜けだした。

（処刑されに行けというの……!?）

絶望が胸を支配する。家の者に付き添ってもらい、伯母であり王妃であるヘレディナに国王へのとりなしを願うつもりだった。だが、母親はもう自分を見限った。それはヘレディナも同じだろう。

幼いころ、意に添わぬことをするたび、母はマリリアンヌの頬を張った。それ以上の折檻を受けることもあった。聖女になりアントニオと婚約すると、それらはぴたりと止んだ。ついに許されたのだと嬉しかった。

だが違った。あれほどちやほやとかわいがってくれていたのは、母として、伯母としてではなく、すべて彼女らの利益のため。マリリアンヌが聖女としてアントニオの婚約者であったから。

マリリアンヌ自身へはなんの愛情もなかったのだ。

気づけば、王都を抜けだしたマリリアンヌは、秘石ひとつを握りしめて夜の森の中をさまよっていた。

野生の獣の気配に怯え、風が起こす葉擦れの音にびくびくとふるえながら、心の中ではシルフィアに対する憎しみが募ってゆく。

(どうして……どうしてシルフィアばかり。どうしてあの女のせいであたしが惨めな目に遭わなければならないの)

聖女の座も、王太子の婚約者という地位も、いずれ得られるはずだった王妃の冠も。家族からの親愛の情さえ。

すべてマリリアンヌの手からこぼれ落ちてしまった。

その原因となったのはシルフィアだ。

ここに泉があれば、秘石を持ったマリリアンヌは母と同じく瘴気に蝕まれた己の顔を覗き込むことができただろう。

(精霊の加護を得たなら、まずあたしに言うべきだったじゃない。そうすればあたしが聖女としてシルフィアの力を使うこともできた……それをリュート様に伝えたのは、あたしを陥れるためだったんだわ。そうよ、あの女のせいで……)

シルフィアの心配そうな表情がよぎる。

――マリリアンヌ様が罪を認めてくだされば、きっとお許しに……。

――お願いします、マリリアンヌ様!! 精霊を信じてください! このままでは、あなたが――。

（そうよ。あの女はあたしがどうなるかわかっていた。こっちの身を案じるようなふりをして、内心ではあたしのことを嘲笑っていたに違いないわ）

靴のない足に、生い茂った植物の棘や、鋭い葉先が傷をつけた。

痛みに顔を歪めながら、狼の遠吠えに身をすくめながら、眠ることもできずに、やつれた顔のマリリアンヌは必死に歩く。

生き延びるために死に物狂いで働いていた脳が、とある記憶を紐解いたのは、そのときだった。

ハニーデイル家に伝わる、秘儀とされる呪文。

秘石とならび精霊と結んだ約束の証であるというそれは、王家にも知らされることなく、言い継がれてきた。

精霊を信じず、神殿にもよりつかなかったマリリアンヌは、今の今までそれを忘れていたのである。

（そうよ……そうだわ。あたしにだって聖女になる資格はあったはず）

マリリアンヌの胸に希望が湧きあがる。

まるでその感情に応えるかのように、突然、明るい光が差し込んだ。

「ここは……」

目の前に広がるのは鄙びた集落。

森が終わり、月の光がマリリアンヌを照らしていた。

お飾り聖女のはずが、真の力に目覚めたようです

第五章　祈りの旅

一

数日間の療養を終え、神殿へ戻ったシルフィアを待ちかまえていたのは、たくさんの人々と、たくさんの花や料理だった。

「シルフィア様……！」

「シルフィア様、おかげんはいかがですか」

「大変な目に遭われましたね」

「これが、精霊……」

シルフィアの両肩の上に浮いているヴァルティスとティティアを見て、人々は息を呑んだ。

彼らにとって精霊とは、祖父母の代よりも遠い昔話だ。一〇〇年以上前には精霊と言葉を交わす聖女がいたというが、信じる者はあまり多くなかった。それが精霊をじかに見る機会に恵まれたのだから、彼らは自分たちの幸運を祝った。

「それで皆が持ちよってくるのが花と食べものというのが、なんともシルフィアらしい」

「わたし、褒められていますか？」

笑うリュートに、複雑な表情のシルフィア。

エドとセラスが歩みよる。もちろんニケもいる。

「シルフィア様。シルフィア様が元気になるように、クッキーを焼いてきたの」

「おれも手伝ったぞ！」

「ニケもー！」

『あーっ、これ、知ってる！　ぼく大好きだよ』

『レーズンが入っているのがいいのよね』

ヴァルティスが声をあげる。ティティアも表情は変わらないながら、じっとクッキーを見つめている。

精霊に褒められた子どもたちは嬉しそうに頬を染めた。

「また作ってきます！」

『やったー！』

子どもたちがうちとけたのを見た大人たちもほっと息をつく。

ずいぶん長いあいだ不信仰を働いていたが、精霊たちは気にしていないようだ。

『忘れただけなら精霊は怒らないわよ』

クッキーをほおばりながら、ティティアは彼らの疑問に答えてやった。

『人間は精霊と違って、一〇〇年ぽっちも生きられない。こうして精霊を信じるときもあれば、信じないときもある。シルフィアのようにやさしい人間もいれば自分勝手な人間もいる。それは精霊もわかっているもの』

『ティティア、また難しい話ー？』

『……精霊もそこまで頭がいいわけじゃないしね』

『ん？』

『精霊が怒るのは、わたしたちを欺いたり、利用したりする人間に対してだけ。彼らが生んだ瘴気が、生きるものたちから生命力を絶ち、わたしたちを閉じ込めてしまうから』

『いいよー、そんな話は。こっちのパンも、ジャムもおいしいよー？』

ヴァルティスがティティアにパンを渡す。シルフィアもかいがいしく食事を運び、精霊たちをもてなそうとした。

そんなシルフィアをリュートが呼び止める。

「シルフィア」

「どうされましたか、リュート様？」

「……憶えているだろうか。いずれ話したいことがあると言ったのを」

「はい、もちろん」

「先ほど父上に許可をいただいてきた」

緊張した面持ちを浮かべながら、リュートは姿勢を正すとシルフィアに向き合い、その手をとった。

なんだ、と人々の視線が集まる。

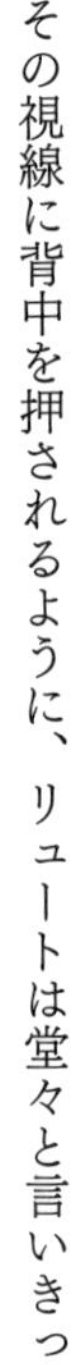

その視線に背中を押されるように、リュートは堂々と言いきった。

「私と結婚してくれ、シルフィア」

「リュート様……⁉」

シルフィアにとっては青天の霹靂(へきれき)であった。

ぱちくりと目を見ひらいたまま身じろぎもしない。頭はきれいに真っ白になっていた。

だが真剣なまなざしで見つめられ、徐々に思考がリュートの言葉を理解し始める。

結婚の申し込みを、された。

「……ッ⁉」

顔が火を噴いたように熱くなった。思わず逃げだしたくなる。けれど、触れ合った手から伝わるぬくもりがそれを許さなかった。

リュートは手をつかんでいるわけではない、ただ重ねているだけなのに、シルフィアの心をしっかりと捕らえて離さないのだ。

シルフィアこそリュートをずっと想っていた。こんなふうに想いを告げられて、嬉しくないわけがない。

「すぐにとは言わない。君が精霊を連れて国を巡りたいことは知っている。どうかその旅に私も同行させてほしい」

「は、はい」

うやうやしく頭をたれるリュートに、シルフィアは頷くしかできなかった。

（でも、わたしがリュート様と結婚だなんて……）

考えたこともなかった。考えてはいけないことだと思っていた。神殿に閉じ込められていたシルフィアにリュートはいつもやさしく寄り添ってくれた。リュートのことは好きだ。ずっといっしょにいたい、と思うたび、それは叶わないことだと打ち消してきた。

役目が終われば、リュートと自分の縁は切れる。三年のあいだそう自分に言い聞かせ続けていたシルフィアには、リュートの想いは大きすぎる幸福だった。

あたたかな涙がひと粒、シルフィアの頬を滑り落ちる。涙は次々とあふれ、赤く染まる頬に道すじを作った。

ぽろぽろと流れる涙の意味を、リュートは取り違えなかった。

「返事は君が落ち着いてからでいい。どうかゆっくり考えてくれ」

リュートにもシルフィアの想いはわかった。だからこそ戸惑いも理解できたのだ。

シルフィアの頬を濡らす涙を指先で拭うと、リュートはほほえむ。周囲で見守っていた人々もつい笑顔を浮かべてしまうような、幸福に満ちた表情だった。

神殿へ通っていた人々の中には、シルフィアがあまり食事を与えられていないことに気づいて心配していた者もいた。アントニオと違って己の身分を明かしていないリュートが第二王子であることを彼らは知らなかったし、一部の者は護衛なのだと思い込んでいたが、彼らにとってもこの求婚は嬉しいものだった。

（この方ならシルフィア様を大切にしてくださるだろう）

（よかったね、シルフィア様……）

想像したこともないようなやさしい時間が、神殿に流れていた――。

『――えーん、先にいい雰囲気にされちゃったよ、ティティアー！』

『やめときなさいって言ったのに、あなたまだ諦めてなかったの、ヴァルティス』

「ヴァルティス様、ティティア様⁉」

まだ呆然と手を握られていたシルフィアから、リュートを引き離すようにして、赤と青の精霊が顔を覗かせる。

『実はね、ぼくたちからシルフィアに、贈りものがあるんだ』

「え？」

目を丸くするシルフィアと、苦笑を顔にのぼらせているリュートに挟まれて、ヴァルティスは紅い水晶をさしだした。結晶の中心は窓から注ぐ陽光を受けて鮮やかな焔のように輝く。それはハニーデイル家に飾られていた秘石と同じであったが、シルフィアには知る由もない。

「まあ、きれい」

むしろ、驚きの表情を見せたのはリュートだ。

（これは……母上が言っていた精霊の秘石か？）

リュートは秘石が手渡されるのをじっと見つめた。

『ぼくとティティアがシルフィアを聖女と認めた証だ。これを持っていればシルフィアがどこにいてもわかるし、すぐにぼくたちを呼びだせる』

色といい形状といいその存在理由といい、ヘレディィナの語ったとおり。

（ならば、やはりハニーデイル家は精霊に認められたのか？）

それを今この場で尋ねることはできない。緊張にこわばった身体から力を抜き、呼吸を整えたところで、

「申し訳ありませんが……これを受けとるわけにはいきません」

秘石はシルフィアによって、やさしくヴァルティスの手へと押し返された。

『えっ』

「な、なぜだ？」

『だからやめときなさいって言ったのよ』

声をあげるヴァルティスとリュート。ティティアだけはシルフィアの反応がわかっていたようで、肩をすくめて首を振っている。

「わたしの望みは精霊と人間とが仲よく暮らせる世界です。こうしてわたしだけを特別にしてくださるのは……その、ありがたいのですが、本意ではないというか」

シルフィアは周囲を見まわした。

シルフィアの傍らには、ダムニスとソニアがいる。愛娘（まなむすめ）の幸せな姿に涙ぐんでいるふたりは、ハーヴェスト家の苦難の時を耐え忍んできた。両親のあいだには、驚いた顔の弟妹たち。神殿への出仕を許された彼らは、これから大わらわに違いない。

リュートの背後にはエドやセラス、ニケがいる。シスター・フローラは子どもたちの隣に立って、両親と同じくらい涙ぐんでいるし、彼らと並ぶ人々の中にも見知った顔がたくさんいる。ロシオや王都の面々、ポルト村やミカルノ村で食事をふるまってくれた人たち。

「今わたしが手にしている身に余るほどの幸福は、わたしひとりではたどりつくことのできなかったものです。ヴァルティス様もティティア様も、せっかく地上に戻られたのですから、皆さんと仲よくなっていただけませんか」

ヴァルティスは無言で、両手で抱えるようにしていた秘石を見た。それからシルフィアと、シルフィアを囲む人々を見まわした。

『……わかった』

唇を尖らせながらヴァルティスが頷く。

と同時に、手の中の秘石が瞬き、砕け散った。周囲からどよめきが漏れる。

こなごなになった紅い石は神殿じゅうへ広がり、やがて壁や天井に溶け込むようにして消えた。

『あの石は、ぼくらの生命力を凝縮したものだ。シルフィアにあげる代わりに、この場所に加護を与えた。シルフィアがいなくても、この神殿で祈れば加護を得られるし、ぼくらにも届く。……それでいいんでしょ？』

拗ねた子どもみたいに空中を蹴ってそっぽを向くヴァルティスの頭を、ティティアが撫でてやる。

「はい、ありがとうございます！」

シルフィアも笑顔で頷いた。それからティティアが手招きしているのに気づいて寄っていく。ティティアはヴァルティスを指さし、腕で輪をつくるような仕草をした。

（え、えぇ……⁉）

そんなことをしてもいいものかと緊張しながらも、シルフィアはヴァルティスに腕をまわす。ふわふわと浮かぶ身体を最初はやさしく、それから思いきってぎゅっと抱きしめてみると、うつむいていたヴァルティスはぼそっと呟きを漏らした。

『このタイミングで言わなきゃよかった……』

『愛は押しつけるものではなく、寄り添うもの……』

『ティティアの言うこと難しい〜……』

ヴァルティスは、リュートに比べて格好のつかなかった自分に落ち込んでいるらしい。

そんな様子を見ていたニケが、はっと気づいた顔になる。

「ヴァルティスさま、クッキーたべますか？」

『——食べるっ‼』

『一瞬で笑顔になったわね』

暗い表情もどこへやら、晴れやかに顔をあげたヴァルティスはシルフィアの腕の中でレーズン入りのクッキーをもらい、尖った耳をぴこぴこと動かしながらご満悦だ。

彼らしく、気持ちはすぐに切り替わったようだ。

「ヴァルティス様、ティティア様、わたしといっしょに祈りの旅をしてくれますか？」

『もちろんよ』

『シルフィアといっしょにいろんなものが見られるんでしょー？　楽しみだなぁ』

「シルフィア様がいないあいだ、おれたちが神殿の面倒を見ておいてやるよ」

胸を張って言うのはエドだ。

「本当？　お父様やお母様にお願いすることになっているの。クリスたちもいっしょだから、きっと賑（にぎ）やかになるわ」

「我々も店の合間に立ちよりましょう」

そう言ったのは商人のロシオ。

「シルフィア様は騎士様と新婚旅行へどうぞ」

「きっ、騎士様って、新婚旅行って……！」

「大きな町に入ったらわしの名前を言ってくださいね。これでもそれなりに名は知られているんです」

何をどう否定したらよいのかわからずどぎまぎしているシルフィアをしり目に、話はどんどん決まってしまう。リュートが同行するからには食料や宿に困ることはないのだが、彼らの中ではひもじい思いをしていたころの印象が抜けないらしい。

シルフィアの内心の動揺を察し、リュートも悪戯っぽい笑みを浮かべている。

「ご安心ください。シルフィア様のことは、私がお守りいたします」

「や、やめてください、リュート様ったらもう……！」

皆の笑い声に囲まれて、シルフィアも困った顔で頰を染めている。

ただ、セラスだけは眉を寄せて唇を尖らせていた。

「どうしたの、セラス？」

「シルフィア様は、王子様と結婚するはずだったのに……」

ぼそりと呟かれたのは少女の憧れを裏切られた恨み言だった。不遇な暮らしにも耐えやさしくしてくれたシルフィアは、いつか王子様と結婚してお城で裕福に暮らすのだと、自分の憧れを織り込んだ夢をセラスは見ていたのである。

「それが、騎士様……シルフィア様を幸せにできるのかしら？」

「セラス！　失礼なことを言ってはいけません！」

シスター・フローラの叱責が飛ぶ。

が、それを制したのはリュート本人だった。

しかめ面のセラスの前に膝をつくと、リュートはその手をとった。泉のような青い瞳で覗き込まれ、セラスが頰を染める。

「身分に関係なく、私はシルフィアを大切に想っているし、シルフィアを幸せにできるよう努力を重ねるつもりだ。……それではだめかな？」

「……だめじゃない」

リュートのほほえみにセラスは一瞬で陥落したらしい。赤くなった顔をうつむけると、先ほどまでの不機嫌はどこかへ飛んでいってしまった。

「よかったなあ、セラス」

エドに頭を撫でられ、

「もうっ！」

とふたたび頬を膨らますと、セラスはヴァルティスとニケのもとへ走った。

ヴァルティスは料理のテーブルの周りを飛びまわり、食べ方をあれこれと教えられながら舌鼓を打っている。

シルフィアの言うとおり、この光景を幸福と呼ぶのだろう。

《ただ、ねぇ……》

そんな中、ティティアだけは冷静な面持ちで、ジャムつきパンを味わいつつ明かりの差し込む天窓を見上げ、独り言ちていた。

《あのマリリアンヌって子があれだけで諦めるとは、思えないのよねぇ……》

二

翌朝、出立の準備を進めていたシルフィアたちの耳に、ハニーデイル家失踪の報せが舞い込んだ。王妃ヘレディナの処遇を考えあぐねていたグエンのもとに、「王妃様のお部屋が空っぽです」と慌てた顔の侍女が飛び込んでき、事情を知らないかとハニーデイル家に使者を走らせるも屋敷はもぬけの殻であったという。

金貨や貴金属、宝飾品など、身につけられるものはすべて持ちだされていた。

「精霊の秘石はどうなった？」

「わかりませぬ。それらしきものは見当たりませんでした。宝石のようなものなら、持ち去ったのでしょう」

一家が夜逃げをする前から秘石がマリリアンヌによって奪われていたことは、当然誰も知らない。

「そうか。ご苦労だったな」

報告をした兵が部屋を退くと、リュートは腕組みをしてため息をついた。

グエンは怒りよりも安堵に肩を落とした。長年の癒着関係にあったハニーデイル家を断罪するのは彼には荷が重すぎたから、自分たちでいなくなってくれたほうがよほどよかったのだ。

「これから政務はお祖父様に補佐に入っていただく。兄上――アントニオは、北部国境沿いの王家直轄地を管理する領主となる」

役職としては男爵相当の地位といったところで、王太子であった者が就くには落ちぶれたと言わざるをえない。

「もとより母上やアントニオはほとんど政務に関わっていなかった。お祖父様がいらっしゃれば滞ることはないだろう」

つとめて淡々と告げるリュートにシルフィアは胸が締めつけられるようだった。

リュートは眉をさげ、困ったように笑う。

「……私は大丈夫だよ」

大きな手がシルフィアの頬を撫でる。

「出立は明日だ。今日は家族と友人のいる神殿ですごすといいだろう」

「……は、はい！」

不意打ちに顔を赤らめるシルフィアに、リュートはまた笑った。

人の気配にアントニオは顔をあげた。いつのまにかリュートがそばに立っていた。名を呼ぶ声も聞こえなかったのは、王宮内ですでにアントニオの扱いは腫れものに触れるようになっており、侍従たちは逃げだしてしまったからだ。

こうして向き合うのは何年ぶりだろうか。知らぬうちに背ののびた弟をアントニオは眩しげに見つめた。対するリュートも、やつれた顔の兄に目を細める。

「お別れを言いにきました、兄上。私は明日、王宮を発ちます」

「まだ兄上などと俺を呼ぶのか、リュート」

アントニオの口元にひねこびた笑いがよぎる。

「母上は消えた。俺もいなくなる。そのうえお前まで旅に出たら、ここはどうなる」

「お祖父様が戻ってこられます。父上もいらっしゃる」

「それに、シルフィアが豊作をもたらすなら問題ないか。……ふん、まさかお祖父様の言っていたことが本当だったとはな」

　ことあるごとに〝アナスタジア〟の冤罪(えんざい)を主張しハーヴェスト家の復権を願っていた祖父ディミトリを、王家の誰もが煙たがっていた。

（贅沢に暮らしていけるのになんの文句がある？）

　そう、アントニオも思った。老人の妄言だ。

　そんなディミトリに懐き、ディミトリからもかわいがられたリュートに余計に苛立ちが募った。父母に倣い、アントニオもふたりを王家の厄介者として扱った。結末がこの様(ザマ)だ。

　しかし、今にして思えば、国王であるグエンだけは何事かを嗅ぎとっていたのかもしれない。

　あの日、精霊に吹き飛ばされたアントニオが目を覚ましたのは自室で、そこにはグエンしかいなかった。

　目の下に隈(くま)を作ったグエンは、静かな声でアントニオの廃嫡を伝えた。アントニオは王位継承権を失い、王家の者ではなくなる。ギムレットの姓も名乗れず、王子であったことも秘匿して生きていかねばならない。

　さもなくば、民衆は彼を許さないだろう。

「悪かったな……」

これまでのこととこれからのこと、両方の含まれた謝罪を呟き、グエンはアントニオを己の胸に引きよせて泣いた。

父の涙を思い出し、アントニオは首を振る。

「父上は心の底では俺よりもお前をかわいがっていた。母上にもハニーデイルという家にものの怖(お)じしないお前をな」

だからグエンは、ハニーデイル家との癒着を、リュートにだけは教えなかった。

あれは国王と王太子が呑まねばならない毒で、リュートだけは潔白のままにしておきたかったのだ。

「俺は……そんなお前が羨ましかったのかもしれない」

守られながら、そのことを知らずにきれい事を言える弟が。

「兄上……」

はじめて聞くアントニオの本音にリュートは瞑目(めいもく)した。だがすぐにひらいたまぶたの向こうには、初夏の空のような青があった。

「兄上も母上も、私の肉親であることは変わりません。次にお会いするときには酒でも酌み交わしましょう」

「ああ、酒はお前が持ってこいよ。上等なやつを。俺はそんなもの手に入らんだろうからな」

兄弟の再会はそれで終わった。

己の行く末を受け入れた兄の背中をリュートは一度だけ振り返り、すぐに部屋をあとにした。

三

出立の日は薫風吹き抜ける晴天だった。見送りの家族やエドたち、神殿への援助を請け負ってくれた王都の人々に挨拶を重ね、何度も振り返り手を振りながら、シルフィアたちは王都から旅立った。

荷物を載せた馬車や護衛はついているものの、シルフィアは徒歩で移動することに決めていた。

「リュート様は馬車に乗っていただいても」

「シルフィアだけを歩かせるわけにはいかないよ」

『ねーっ、シルフィア、シルフィア、あれ何⁉』

恐縮するシルフィアの袖を引き、ヴァルティスが道端に積まれた野菜を指さす。

「ああ、あれはお供えものです。畑から離れた場所に売り物にならない野菜を置いて、畑に動物が入らないようにお願いするんです」

『へえー……？』

「とくに初夏のシカは精霊の使いだと考えられていますから、罠(わな)を仕掛けて獲ることは避けるんです」

『ええー⁉　シカ、ぼくたちと関係ないよ⁉』

「この時期には母ジカが仔ジカを連れて歩きます。その足跡には加護があると言われているんですよ」

『だったらぼくらに直接供えてくれたらよくない⁉』

『人間もいろんなことを考えるのねぇ』

ヴァルティスは首を斜めにひねり、ティティアは興味ぶかそうにシルフィアの話を聞いている。

こういったことも、シルフィアが徒歩での移動を選んだ理由だった。

ヴァルティスとティティアに、人間の生活を知ってもらうこと。人間と親しくなってもらうこと。――もちろん、人間も、彼らに親しんでもらうこと。

シルフィアが聖女として王都周辺の村々に奇跡を起こした話は広まっている。だが、精霊が現れたことは王都でも知らぬ者のほうが多い。

街道で出会った人々は聖衣を着たシルフィアに笑顔を見せるが、その傍らを飛ぶ異形の姿にはぽかんと口を開けて見入るだけ。中には逃げだしてしまう者もいた。護衛の兵が事情を説明するものの、リュートの正体は明かせないためにいまいち歯切れが悪い。

ヴァルティスとティティアはべつに気にした様子もなく、目を丸くしている行商人に手を振ったりする。

『命が脆いのだもの、よくわからないものを怖がるのは仕方ないわね』

『だからぼくらにまっすぐ向き合ってくれるひとが聖女になるんだ』

（もしかして、精霊たちが聖女を特別扱いするのは……）

シルフィアの脳裏にひとつの推測がよぎる。

建国の伝説では、精霊の心を理解したのは聖女となった娘ひとりだけだった。ほかの者たちは精霊に向き合おうとせず、彼らに不満を抱いていた。

精霊たちはひとりの娘を選んで聖女としたのではなく、ひとりしかいなかった理解者を特別に想い、加護の力を与えたのだ。

ほかの多くの人間たちに忘れられても、恐れられ、避けられたとしても、真摯に祈る者がひとりでもいれば、精霊は加護を与える。伝説には精霊のやさしさと寂しさが表れているとシルフィアは感じた。

だがたったひとりを聖女と定めることは、ハニーデイル家のように聖女が欲に溺れた場合、精霊と人間とを分断することになる諸刃の剣でもある。

（たったひとりでもいい。でも、ひとりだけじゃだめなんだわ……やっぱりわたしは、精霊と人間の橋渡し役になりたい）

考え込むシルフィアの頭上で、ヴァルティスは空高く一直線にのぼったかと思えば急降下して戻ってくる。ふとリュートと目が合うと、照れ隠しのようにぐるんと一回転してみせた。

『この前は行けなかったから楽しみでさあ！』

「この前？」

『……あれ、前にも誰か〝祈りの旅〟をしようとしたんだよ』

ヴァルティスは顎に手を当て、空中で斜めに身体を傾ける。

（……アナスタジアか？）

リュートの記憶にディミトリの言葉がよみがえる。

それを口にしてはいけない予感にとらわれ、リュートは口をつぐんだ。そんな様子を、ティティアがじっと見つめていた。

四

一行が訪れたのはアーヴェンという村だ。先触れによって精霊と聖女の巡行を告げられていた村人たちは諸手を挙げて出迎えた。周辺の村々から伝え聞いた奇跡を、彼らも待ち望んでいたのである。

『ねえ、これ何ー？』

「機織りをしているところですよ」

『これで布を作るんだ！』

『昔とだいぶ変わったわねぇ』

「やってみますか？」

感心してくるくると飛びまわる精霊たちを面白がり、機織りをしていた少女は道具を渡そうとする。

「これ、精霊様に失礼ではないか！」

『待って！　怒らないで！　ぼくもやってみたい！』

「そ、そうですか？　精霊様がそうおっしゃるなら……」

ヴァルティスとティティアは人々の暮らしを興味深そうに見てまわった。

さすがに大人たちは顔を伏せて腰を折り恐縮した態度で接するのだが、子どもたちはそうはいかない。ふわふわと宙に浮かぶ精霊を捕まえようと背後から忍びよって手をのばし、すいとかわされて笑い声をあげている。

「これ!!　お前たち!!」

「いいんです、子どもたちの好きにさせてください」

「それにしても先ほどから、無礼がすぎるのではと……」

シルフィアに笑顔で言われ、案内役の男は冷や汗をふきふき呟いた。粗相があっては精霊の怒りに触れるかもしれない――と恐れてのことだった。

「見てください。楽しそうにはしゃいでおられます」

その言葉に男は顔をあげた。視線の先には、精霊を追いかけまわす子どもたちの姿があった。土に薄汚れてはいるが目は輝き、頬は上気して、誰もが不思議な姿をした存在との遊びに夢中だ。応じるヴァルティスとティティアも、同じ笑顔を浮かべている。

「ああ……子どもたちのあんなに楽しそうな顔を見たのは久しぶりです」

男は肩の力を抜いた。精霊が腹を立てるわけがないとわかったからだ。

「ヴァルティス様とティティア様も、地上にいらっしゃるのは久しぶりだそうです」

シルフィアへのふるまいからしても、神殿でニケに懐いていたことからしても、かまってもらえるのは嬉しいのだ。

『ねえ、これは何⁉』

「これはお祭りの飾りだよ！」

追いかけっこをやめた精霊と子どもたちは、今度は広場に積まれた木組みのやぐらに集まった。

『お祭り？』

「うん、作物がよく育つように精霊にお願いするんだ。けど……」

子どもたちの表情が曇った。

「今年は働いても働いても畑に芽は出ず、山羊は乳を出さず……皆が消沈しています」

案内人の男の言葉にシルフィアが表情をひきしめる。

「畑や家畜の様子を見せてもらえるか？」

リュートが促すと男は頷き、シルフィアとリュートを村の奥へと案内した。それに気づいた子どもたちもあとに続き、ヴァルティスとティティアもやってくる。

男の言ったとおり、村には活気がなかった。かまどに火はなく、埃が積もっている家もある。屋根が破れたまま修繕されていない小屋には痩せ衰えた山羊が座り込み、周辺を黒い霧がただよう。

「なんてひどい……」

呟いたシルフィアが胸の前で手を組み、目を閉じて祈ると、ティティアは山羊たちへ手をさしのべた。小さな手が触れると同時に山羊たちは立ちあがり、明るい声で鳴く。毛なみは輝くようになり、仔山羊も乳を吸い始める。

さらにヴァルティスが腕をひと振りすれば黒い霧は晴れたが、村の奥から這いよる新たな霧が後釜を狙うようにふたたび家畜小屋の周辺を取り囲む。

不安げに鳴く山羊にティティアも眉を寄せた。

『とにかく先へ行ってみましょう』

村の奥へ進むほどに霧は濃くなってゆく。

「この先は畑です」

息苦しさを覚えながらシルフィアは急いだ。村の外れまでたどりつき、畑の惨状を見て息を詰める。

「これは……」

地面は真っ黒な霧に覆われて何も見えない。ミカルノ村のようだった。

『瘴気よ。……多すぎるわ』

ティティアが眉をひそめる。

「やはりシルフィアには瘴気が見えているのか？」

リュートも心配そうに、青ざめるシルフィアを見つめた。

『瘴気は精霊に近しい者でないと見えないからね』

ヴァルティスは赤い手をリュートの肩に触れさせた。リュートの身の内にあたたかなものが入り込む。それが精霊の加護であると理解するのに時間はかからなかった。

ふたたび畑を見たリュートの目には、べったりと刷毛（はけ）で塗りつけたような瘴気が映っていたから。

「!!」

本能的な拒絶に思わずあとじさる。

（シルフィアはこれを見ていたのか……）

荒れ果てた畑の風景も悲惨であったが、視界を埋め尽くす瘴気の層が自分のほうへと流れてくるのを見るのはずっと厭なものだ。リュートですら具合が悪くなりそうだ。

『シルフィアは瘴気に弱いんだ』

ヴァルティスが小さく呟いた。

『シルフィアの心はとても無防備だから、瘴気の影響を大きく受けるわ。まず瘴気の餌食になるのが植物たちであるように』

「以前、瘴気を祓ったあとに倒れそうになった」

『心を使いすぎて疲れたんだ』

「そうか……」

グエンやマリリアンヌを見て怯えていたのも当然だ、と今さらに切なくなる。

「あれは？」

目を凝らし、リュートはひとつの巨大な影を見つけた。畑と村の家々から少し離れた場所に、屋敷がある。

「領主のヴィム様のお屋敷です」

（瘴気はあの屋敷から出ているような……）

リュートは神殿を抜けだして王都周辺の村へ行ったときのことを思い出した。

あのときシルフィアも同じことを口にした。あの建物は何か、と。そして領主の屋敷だと答えを得たのだ。

「瘴気は、領主たちの屋敷から発生しているのか？」

シルフィアがリュートをふりむく。こわばった表情に、同じことを考えていたのだとリュートは察した。

瘴気は精霊をないがしろにする人の心が発生させる——精霊たちの言葉がよみがえる。

「ヴィム……そうか、マリリアンヌに宝石を贈っていた、セドリック・ヴィムの兄弟か」

善い行いではないと知りながらも、強くは言えなかった。国政がそれで円滑に進んでいるのなら、自分がひっかきまわすことはないと。だがすべては欺瞞（ぎまん）だった。

リュートがぐっとこぶしを握る。

そのとき、村から蹄の音とどよめきが近づいてきた。

馬に跨った男が村を突っきって駆けよってくる。その背後をリュートの従者たちが慌てたように追いかける。

男はシルフィアたちの前まで来ると、馬上から怒鳴りつけた。

「おい!! 貴様ら!! おれの村に何の用だ！」

男の身体は瘴気に覆われている。シルフィアの白い聖衣をねめつけるように睨むその視線からも、瘴気が立ちのぼるようだ。

怯えた内心を隠し、シルフィアは気丈に前へ進みでた。

「貴様か？　聖女を名乗るあやしい女は！」

「わたしは、シルフィア・ハーヴェストと申します。精霊とともにこの村に加護を――」

「シルフィアといえば〝お飾り〟の聖女だろう」

ぴしゃりとはねつけられて口をつぐむ。

男の背後ではティティアが男に飛びかかろうとするヴァルティスを押しとどめている。子どもたちに紛れ、男は精霊には気づいていないらしい。

「聖女はマリリアンヌ様だ」

「王家はシルフィアを正統な聖女と認めたのだ。先触れを出したはずだが？」

シルフィアを庇いリュートが告げると、男は苛立ったように舌打ちをした。

「知らん！　おれは聞いていない。不審な者は村に入れられぬ！　早く出ていけ!!」

脅すように馬をリュートに近づけ、腕をのばして襟首をつかむ。このまま馬を走らせれば、リュートは大怪我を負う。

「リュート様！」

「大丈夫だ。ここは私に任せてほしい」

リュートはシルフィアを背に守ったまま、動じる様子を見せなかった。むしろ青い目にはめったにない怒りが宿り、冷たく輝いている。

リュートは男の腕をつかんだ。

「こうして村の人々も脅しつけてきたのだな」

「なんだと!?　放せ、この――」

思いがけず強い力で押し返され、男はたじろいだ。動揺を押し隠そうと反対の手で乗馬鞭(むち)を振りあげた男の耳に、冷ややかな声が届いた。

「不審な者、か。だが私はお前を知っているぞ、ロイド・ヴィム」

ロイドと呼ばれた男は訝しげな顔つきになる。

リュートが顔をあげた。

「この顔を見忘れたか」

ロイドの目にまっすぐなまなざしが飛び込んできた。青い瞳は曇りない空の色をたたえ、その顔立ちはロイドが主と仰ぐことになるはずだったアントニオに似て、いっぽうで彼よ

りもずっと理知的な聡明さにあふれている。

「あっ!!」

自分が罵声を浴びせた相手が誰なのかを理解し、慌てて手を離すのと同時に。

『シルフィアをバカにするなあああ〰〰〰っ!!』

ティティアの腕を抜けだしたヴァルティスが、ロイドの眼前に躍りでた。

ごうっと荒れ狂う突風が、人々の髪を揺らした。

数秒後、すぎ去った風に顔をあげた村人たちは、生き生きとよみがえり作物を育て始めた畑と、そのど真ん中で大の字になってのびている領主を呆気にとられて眺めた。

「では、こちらのシルフィア様が精霊に認められた聖女であり、マリリアンヌ様とハニーデイル家は聖女の資格を剝奪されたと……」

『当ったり前じゃん！　考えればわかるでしょ⁉』

『ヴァルティス、それはあなたが言っていい台詞ではないと思うわ』

平伏するロイドに、両腕をつっぱって怒りをあらわにするヴァルティス、淡々と指摘を入れるティティア。

リュートとシルフィアはなんともいえない表情でその光景を見ている。

『え、どうして？』

『あなた今まで何かを考えてから行動したことある？』

『ん～、ない！』

ロイドの屋敷へ移動した一行は、これまでに起きたことをロイドに語り聞かせ、改心を迫った。マリリアンヌやハニーデイル家の権威を恃んでいた領主たちが瘴気の原因だと聞かされ、精霊の力を身をもって知ったロイドはあっさりと信仰を誓った。

ちなみに、屋敷も到着してすぐ、ヴァルティスとティティアによって浄化されている。村の復活に続き、使用人たちの笑顔が生き生きと輝いたのを見て、ロイドは何も言えなくなった。

王都周辺に領地を持つ領主たちは、マリリアンヌに贈りものを捧げ、いずれ自分たちに何かしらの利益が返ってくることを期待していた者たちが多い。彼らは神殿に通いながらも精霊を信じず、利益のための道具と思っていたから、瘴気の発生源となった。

『ここまで瘴気を発生させるなんて、とんでもない下心だよ』

ヴァルティスのしかめ面にシルフィアは以前のセドリックを思い出した。マリリアンヌに従順で、数々の宝石を捧げ、目の前でシルフィアが打たれても顔色を変えなかった男。精霊を間近に見た彼は改心を誓っていたが、自分の転落を兄弟たちへは言いだせなかったのだろう。

「しかし、信じられません……マリリアンヌ様が聖女の座に就いた年、豊作であったと。

おれも何度か精霊の護符をいただきましたが、効果がありました」

『それはシルフィアが神殿で祈ってたから！　その、マルマルリンリン……』

『マリリアンヌよ』

『マルリリンヌは関係ないの！』

『……』

ぷんぷんと頬を膨らませるヴァルティスと無言でため息をつくティティア。

『あちらの世界にいるわたしたちは地上の様子がわからないから、祈りに応えて加護を与えるの。この三年間、シルフィアの祈りがもっとも真摯で、数も多かったわ』

『シルフィアがいなければ、この国はもっと早くに荒廃していた。ぼくたちも地上に降りられなかったし、何もできなかった』

「シルフィアを身代わりとしたことが、マリリアンヌの唯一の功績だったのだな」

リュートが呟いた。神殿で祈るという聖女として最低限の仕事ですら嫌がったマリリアンヌの我儘が、結果的にはよい方向へと転がった。

そのマリリアンヌは、姿を消してしまったのだが。

先ほどのロイドの言葉に、リュートはひとつの可能性を見いだしていた。

「聖女を名乗るあやしい女――と言ったな？」

「はい……もとは高級そうな襤褸(ボロ)のドレスをまとった女がこのあたりの村に出没したというので、見まわりをしていたのです。だから王都でのことを知りませんでした」

「リュート様、もしかして……」

「ああ。逃げたマリリアンヌかもしれない」

「ただ、その女は、奇跡を起こしたそうです……野犬に襲われた子どもを救った、と。そして自分は聖女だと言ったそうです」

「奇跡を起こした？」

それはマリリアンヌなのだろうか。奇跡とは――？

だが、考える前に、騒がしい足音とノックの音が飛び込んできた。

「聖女様!!　お助けください!!」

屋敷の主であるロイドではなく、悲鳴のような声はシルフィアを呼ぶ。

「隣の村に、真っ黒な竜巻が……!!」

「!!」

シルフィアは窓に駆けよった。言葉どおり、共有地の森の向こうに、黒い霧が渦を巻いて吹きあがっている。

陽（ひ）の光も通さぬ漆黒はそこだけ世界が歪められてしまったようで、本能を怯えさせる。ただひたすらに、禍々（まがまが）しいもの。

「な、なんだあれは……」

ロイドがひきつった声をあげる。

「リュート様！　行かなければ！」

シルフィアは直感した。あそこにマリリアンヌがいる——彼女の瘴気はもう、自力では制御できないほどに膨れあがってしまったのだ。

『待って！』

部屋を出ようとしたシルフィアをヴァルティスが止めた。

『さっきも言ったでしょ⁉　シルフィアは瘴気に弱い！　目に見えるほどに凝り固まった瘴気は周囲にも大きな影響が出る』

最悪の場合、瘴気に巻き込まれたシルフィアが被害を負うことだってありえる。

それはシルフィアだってわかっている。けれども精霊と人間の橋渡し役になると誓った以上、自分だけが高みの見物を決め込むなんてできない。

「困っている人がいます。行かせてください！　それにわたし、マリリアンヌ様とちゃんとお話がしたいんです！」

『ぼくらだけが行けばいい！　シルフィアはここで待ってて！』

「ヴァルティス様……？」

朱色の眸に常とは違う焦燥を感じて、シルフィアはヴァルティスをじっと見つめた。ヴァルティスは気まずそうに視線を逸らす。

『ねえ！　リュートも言ってよ。シルフィアが大切でしょ、守りたいでしょ⁉』

「ああ、私はシルフィアが大切だ。だから彼女の意志を尊重する」

決然と言い切ると、リュートはシルフィアの手をとった。

「馬で送る。駆ければそれほど時間はかからないはずだ」

「はい。ありがとうございます。リュート様」

しっかりと頷き、シルフィアは精霊たちをふりむいた。

「お願いします！　いっしょに来てください、ヴァルティス様、ティティア様」

答えを聞かぬまま、ふたりの足音が遠ざかっていく。来ると信じているからだというのはヴァルティスにもわかる。瘴気の被害が出る前に食い止めたいのも、マリアンヌを助けたいのも。

でもどうして、シルフィア憎さに瘴気の餌食となった者を、助けなければならないのか。

『ああ！　もう！　人間ってわからない!!　命が脆いのになんで危ないことをするかなあ!?　ぼく……ぼくはもう……』

『思い出しそうになっているのね。心が軋んでいる……ヴァルティス』

空中で地団太を踏むヴァルティスにティティアはやさしく触れた――と思えば、小さな腕を大きく振りかぶり、握り込んだこぶしで思いっきりヴァルティスを殴った。

赤い弾となったヴァルティスは壁に激突し、『ぎゃんっ!!』と悲鳴をあげる。突然始まった精霊どうしの仲間割れにロイドは顔面蒼白だ。

『痛いっ!!　ティティア!!』

『シルフィアの言うとおり。わたしたちもそろそろ、向き合うときが来たと思うわ』

『聞いてるの!?　よくも――』

『思い出しなさい、アナスタジアのこと』

『!!』

お返しだとティティアに飛びかかろうとしていたヴァルティスの身体が、宙に浮かんだままぴたりと止まる。

『封印を壊したの。これはアナスタジアが与えてくれたチャンスなんだから』

『……アナスタジア……』

『あの子の望みを憶えているでしょ』

呆然とティティアを見ていたヴァルティスの顔がくしゃりと歪んだ。小さな呻きが赤い唇から漏れる。

窓の外を覗くと、シルフィアとリュートは馬に跨ったところだ。

『行ってあげましょう。わたしたちが加護を与えれば馬は険しい道を走り続けることができる。隣村まで一瞬よ』

『ああ、もう、わかったよ……!』

窓の外へと飛びあがるティティアをヴァルティスは唇を尖らせて眺めていたが、悔しそうに首を振ると、その背中を追いかけた。

お飾り聖女のはずが、真の力に目覚めたようです

第六章　精霊の怒りと赦し

一

——シルフィアがアーヴェンの村を訪れる数日前。

隙間風が木屑（きくず）を巻きあげる薄暗い小屋で、マリリアンヌはじっと横たわっていた。

藁の上に毛布を敷いただけの粗末な寝床に、首も背も身体のすべてが痛む。農民の姿に身をやつすのは嫌で裾の裂けたドレスを着込んで、夜もその装いのまま寝ている。

破れ窓から差し込む薄日が朝を知らせるが、マリリアンヌはいよいよきつく目を閉じた。

（……どうしてあたしばっかりこんな目に）

神殿から逃げ去ったあの日、たどりついた村の人々は、夜遅くにぼろぼろの格好をして現れたマリリアンヌを丁重に介抱した。悪い賊に追われ命からがら逃げてきたのだというう言い分も信じた。土に汚れて引き裂かれたとはいえ、彼らの目から見ればマリリアンヌの着るドレスは十分に高級品だったからだ。

翌朝、介抱してくれた老人にも寝場所を提供してくれた婦人にもマリリアンヌは礼を言うこともなかったが、彼らは気にしなかった。ショックでそれどころではないだろうと、マリリアンヌをいたわった。

「大変な目に遭われましたね。何もない村ですが、ゆっくりとお休みください」

「ここはマルデク村と申します」

「マルデク村？」

その名には覚えがある。たしか、広場で、聖女の加護を乞いにきたと言っていた青年の村の名だ。

聖女だと認められなかった苦い記憶がよみがえり、マリリアンヌは顔をしかめた。

それから毎朝、目覚めるたびにすべてが夢ではなかったことを知って絶望する。贅沢三昧の末に王太子妃に手が届こうかという華美な世界から困窮に喘ぐ村の居候へと凋落した自分。

目をひらきたくない。現実を見たくない。

かびっぽい匂いのする毛布を引きかぶり、唇を嚙んで涙を流すだけの日々。その涙も尽きた。

だが、今日はその絶望を遮る騒動があった。

人々の叫ぶ声がする。緊迫しつつも怒気を含む声が飛び交う。

(あたしを捕らえにきたのでは)

ゆっくりと身を起こし、ふるえる手をついてマリリアンヌは立ちあがった。食事もほとんど喉を通らず、弱りきった身体には歩くだけでも負担になる。よろめきながら板戸までたどりつき、そっと外を見た。

そこに恐れていた光景はなかった。王宮からさしむけられた兵はおらず、密告者がマリリアンヌのいる小屋を指さしていることもなかった。

ただ、ひとりの少女が、血を流して倒れていた。首すじから肩にかけてを真っ赤に染め、青ざめた唇をふるわせてたえだえの息を紡いでいる。

（あれは……）

マリリアンヌに食事を運んできていた少女だ。たしか名前は、ミナといった。

ミナを取り囲む村人は心配そうでもあり、どこか苛立っているようでもあった。

「また、バカなことを……」

「なぜ言いつけを破るんだい⁉　医者を呼ぶだけの金はないっていうのに‼」

「血が出すぎてる。薬をやったってもう、この子は……」

桶に水を汲んでくる者、浸した布を肩に巻いてやる者、それぞれ少女を介抱しようと立ち動いてはいるが、かける言葉は冷たい。

ふと、手の中の秘石が光ったような気がした。その輝きに背中を押されたように感じて、マリリアンヌは足を踏みだした。

「……ねえ」

板戸を押し開けて声をかけると、村人たちはマリリアンヌをふりむく。

「どうしたの」

少女を介抱していた男女が含みのある視線を交わした。よそ者に内情をさらすことを躊躇したのだろう。それでも憤りのほうが勝ったらしい、女は涙ぐみながら首を振り、

「どうもこうもないですよ」

棘のある声を出した。

「夜に森へ行って野犬に襲われたんだ。この子はね、どれほど禁じようが、自分を捨てた親をさがしに森へ入るのですよ。そんなにこの村が嫌ならもう一度捨ててやろうかと思います」

虫の息にもかかわらずミナを見る村人たちの目は冷たい。

（……可哀想に）

心からそう思った。涙が枯れ果てていなければきっと、ミナのために泣いてやることもできただろう。

貧しい暮らしは人々の心を摩耗させる。数日たっても黙りこくり、裕福な貴族が褒美を持って迎えに来るわけでもないマリリアンヌを、村人たちは持てあまし始めていた。

「領主様に報せたほうがいいのでは……」

そんな相談をしていることも知っている。

傷を負っても慰めの言葉すらかけられず、厄介者として扱われる少女に、自分が重なる。

裸足のままふらふらと歩みでると、ミナのそばに膝をつく。

（誰か……）

無意識に握りしめた秘石が輝いた。マリリアンヌの心に、これまでにはない感情が湧きあがる。

（誰か……この子を助けてあげてよ）

シルフィアを守るように並ぶ朱蒼の精霊が脳裏に浮かぶ。

（祈りを聞き届けると言うのなら――）

ようやく事態に気づいた村人がざわめいた。マリリアンヌの髪は燃えあがる炎のように逆立ち、周囲の空間が赤く輝く。

風が吹いた。森の樹々（きぎ）はまるで嘆きのような葉擦れの音を鳴らし、ミナの傍らにひざまずくマリリアンヌを見守っている。

血の気の引いた肌は雪のように白い。

（この子を救って――）

無残に破れ、薄汚れたドレスから覗く手は痩せて柔らかさを失っている。だがその手が触れると、ミナの頬に赤みが差した。

人々が息を呑む。

痛々しい牙の痕も、拭うように消えた。

ミナがゆっくりとまぶたを持ちあげる。数度の瞬きのあと、翡翠（ひすい）色の目がマリリアンヌを見た。途切れかけていた呼吸が戻ってくる。

「……おねえちゃん……？」

「ミナ！　気がついたのかい⁉」

手当てをしていた女が屈み込む。先ほどの鬱屈した台詞とは裏腹に、表情はよろこびに輝いていた。両手でミナを抱きかかえ、マリリアンヌを振り仰ぐ。

「ああ、ありがとうございます！」

「怪我が治っている⁉　おいこれ、あんたがやったのか？」

「どうやったんだ⁉」

「え……」

矢継ぎ早に尋ねられ、我に返ったマリリアンヌは手の中の秘石を見つめた。

秘石はほのかにあたたかく柔らかな光を放っていて、マリリアンヌを包み込むようだ。

「おねえちゃんが助けてくれたの？」

ミナは起きあがると、マリリアンヌに向かって屈託のない笑顔を浮かべる。

「ありがとう、おねえちゃん」

「もしや、あなたは聖女様では？」

「……あたしは――」

なんと答えたものかと悩んでいるうちに、騒ぎを聞いて駆けつけてきたうちのひとりが言った。

「そうだ、聖女様だ」

「山向こうの村で、聖女様は病気の牛を癒やしたという」

「奇跡が起きた！」

服に血の痕も生々しいミナがなんともない顔をして立っているのだ。違うと言っても村人たちは信じないだろう。彼らの目には縋りつく先が見つかった安堵とよろこびとが満ちあふれていた。

「どうか畑を救ってください！」

「お頼みします、聖女様！」

マリリアンヌの手をとり、誰もが口々に褒めそやす。

（この石のおかげなの……？）

マリリアンヌは秘石を覗き込む。内部にこれまではなかった真紅の結晶が現れていた。ミナの無事を願ったとき、石を通して不思議な力を得た気がした。それをミナに分け与えようと手をのばして——そう、あれは奇跡だった。

（あたし、精霊の加護を使ったんだわ）

ミナは畏敬のまなざしでマリリアンヌを見つめている。マリリアンヌの頬にも赤みが差した。打ちひしがれていた彼女の内面に、希望の火花がぱっと散った。

（シルフィアじゃなくても力は使えた。この秘石はあたしのもの。これを使えば、あたしを聖女と認めさせることができる）

ハニーデイル家は、精霊に認められた家なのだ。自分は聖女なのだ。ヘレディナとマリリアンヌの主張は正しかった。シルフィアにできてマリリアンヌにできないはずがなかったのだ。

（こんなに近くにあったのに、気づかなかったなんて！）

絶望は足音も立てずに去り、かわりに訪れたのは、笑いだしたくなるほどの希望。

「そうよ、あたしは聖女なの」

ほほえみを浮かべ、マリリアンヌは頷いた。

「あなた方があたしの助けを借りたいというのも、使いとして神殿に来た若者から聞いていたわ」

「ではあなたが、シルフィア様ですか？」

シルフィアの名を出され一瞬眉が寄るものの、マリリアンヌは殊勝な表情をとりつくろって首を振った。

「いいえ、シルフィアは偽の聖女。あたしが真の聖女、マリリアンヌ。シルフィアがあたしの邪魔をして、神殿を追いだしたのよ」

「そんな……⁉」

「シルフィア様は、奇跡を起こされたのではないのか？」

「しかし、村へ来たときのマリリアンヌ様のお姿……」

数日前、夜更けにたくさんの傷をつくり憔悴して村を訪れたマリリアンヌの姿を見ていては、まさかお前のほうがニセモノだろうと言える者はいなかった。

思いがけない報せに村人たちは困惑の表情を浮かべる。

「では、いったい我々はどうしたら……」

「村の畑は痩せて、家畜に食べさせる餌も作れないのです」

「大丈夫よ」

表情に自信をのぼらせ、マリリアンヌは笑った。

「あたしが真の聖女だと言ったでしょう。あたしが祈って畑を元気にしてあげる。でもまずは見た目を整えさせてちょうだい。湯を使わせて、新しいドレスを持ってきてよ」

マリリアンヌの変わりように目を白黒させながらも、村人たちは言われるがままにした。宿屋に頼み込んで湯を用意してもらい、あるうちで一番上等なドレスをさしだした。食事も精いっぱいのものを食べさせる。

ミナは侍女のようにマリリアンヌに付き従った。

「あ、あのう、畑や家畜はいつ見てくださるので？」

「あとでいいじゃない。加護の力を使えばこれまでの分までどんどん成長するんだもの」

高慢な物言いに人々はぎょっとした顔つきになったものの、咎める者はいなかった。

いまやマリリアンヌはぼろぼろの身なりのあやしい令嬢ではなく、聖女なのだ。逆らいでもして機嫌を損ねては困る、と彼らは無言で目を見合わせた。

マリリアンヌがようやく村内の被害を見てまわったのは、数日がたってからだった。たらふく食べ、ぐっすりと眠れたおかげで気分はいい。

「やはり、王都の神殿に確認したほうが……？」

「しっ、聖女様に聞こえるぞ」

村人たちがこそこそと何事か話しているのも気にならない。

(すぐにあたしが本当の聖女だってわかるわ)

だが、意気揚々としていられたのは最初のうちだけだった。

あらためて見れば村は黒い霧のようなもので覆われており、家畜は苦しげに息をついている。華やいでいた気分はあっという間に暗く沈んだ。

とくに畑の惨状は想像以上で、瘴気に覆われた土地を見たマリリアンヌは、顔をひきつらせる。

「ひ……っ⁉　なによ、これ！」

マリリアンヌ以外の人間には瘴気が見えない。青ざめる聖女に首をかしげている。

「あなたたち、見えないの……？」

絡みつくように足元から這いのぼる瘴気にマリリアンヌは悲鳴をあげた。

「いやっ‼　こ、こんなの……」

癒やせるわけがない、と踵を返そうとして、自分を見つめる人々のまなざしにぶつかる。

「畑を癒やしてくださるのですよね、聖女様？」

「聖女様はわしらを救ってくださるはずだ」

訝しげにマリリアンヌを睨む視線がふたたび温度を持たぬものに変わってゆく。

背すじを冷や汗がつたった。

聖女を名乗ってしまった以上、できないではすまされないのだ。激昂した彼らがマリリアンヌに何をするか。

ごくりと息を呑み、マリリアンヌは畑を見る。べったりと塗り潰したような、質量を持たぬ、それでいて底なし沼のような闇。その下に大地が広がっているとはとても信じられない。

（これを、あの気弱なシルフィアが癒やしたというの？）

おどおどとしたシルフィアの顔がよみがえった。マリリアンヌが神殿へ行くたび、身を低くし、叩かれれば目に涙をためていたあのシルフィアが——たしかに祓ったのだ。そしてシルフィアは称賛された。

ふつふつと憎しみが湧きあがってくる。精霊の言葉を聞き、アントニオはマリリアンヌを捨ててシルフィアに靡いた。聖女と認められたシルフィアは、王妃の座も手に入れる。マリリアンヌが得るはずだったものを。

（シルフィアにできてあたしにできないわけがない）

自分を奮い立たせ、マリリアンヌは畑に向かう。

（あたしがこの畑をよみがえらせれば、あたしの力を認めさせることができる。そうなれば神殿に戻れる。シルフィアはまだいるでしょうけれど、アントニオ様と結婚して、あたしのほうが王妃になればシルフィアなんて——）

その想像は甘美だった。恐怖を塗り潰してくれるほどに。

「そうよ、あたしは聖女だもの……できるに決まってるじゃない」

漏れそうになる歪んだ笑みを押し隠し、マリリアンヌは畑に手をかざした。

(見ていなさいよ、シルフィア)

村人たちが緊張の面持ちで見守る。

が、――何も起こらない。

「……!?」

手の中の秘石はミナを救ったときのように輝くことはなく、暗く沈んで陽光を反射すらしない。

「聖女様、さあ早く。いったいどうなさったのですか先ほどから……」

「お願いします、聖女様」

「まさか、お力が使えないというのではないでしょうね？」

「おねえちゃん、ミナを助けてくれたみたいに、村を助けて！」

励ますようでいて、声には険が含まれていた。純粋にマリリアンヌを信じているのはミナだけだ。

(どうして……!?)

聖女の証であるはずの秘石はマリリアンヌに応えようとせず、沈黙を守るだけ。

「聖女様は、何か祈りの詞(ことば)を口になさったと聞いたが」

その言葉にはっとする。森を彷徨っていたときによみがえった秘儀の呪文の記憶。秘石と呪文は、対となってハニーデイル家にもたらされたものだ。

「心を鎮めていたのよ。……いいこと、見ていなさい」

左手は秘石をぎゅっと胸に抱き、右手をさしのべ、マリリアンヌは声を張りあげた。

「我らが守り手、我らが導き手、精霊たちよ！　謹んで我が願い聞き届け給え」

ざわりと風が鳴る。応えだ、とマリリアンヌは確信した。

「我こそは汝らの愛し子、加護を願わん。結ばれた誓いを果たし、力を与え給え、――ッ⁉」

どくん、と心臓が内側から突き動かされた。

何かが腹の底から湧きあがってくる。臓腑を埋め尽くし、血管を満たし、骨を軋ませる力――癒やしとは程遠い、受けとめきれないほどの暴力的な衝撃が。

（これが精霊の力なの……⁉）

内側から引き裂かれるような痛みが身体じゅうを走る。

耐えきれず、マリリアンヌの目から涙がこぼれた。

「あぁ……っ！　痛い痛い‼　誰か助けて‼」

「聖女様⁉」

「何事ですか、これは⁉」

（こんなの聞いてない！　シルフィアは、全身が輝いて風が吹いたって聞いたのに！　それも作り話なの⁉　それとも――）

「いやあああああ！！！」

喉が裂けるほどの絶叫を迸らせ、マリリアンヌは背をのけぞらせて苦しんだ。大きく開いた口からごぼりごぼりと瘴気が漏れだし、わだかまっていく。

それらは秘石を持たぬ人々の目にもはっきりと見えた。凍りつくような戦慄が周囲の人々を包み、恐怖を食い、さらに膨れあがる。

「痛い!! 痛いの!! なんとかして!! 早く!!」

「おい!! 王都に――神殿に誰かを走らせろ!! 聖女様が苦しんでいらっしゃる!!」

「どういうことだ!! 聖女様、聖女様!! 大丈夫ですか!?」

瘴気はマリリアンヌからあふれ、しかし彼女に戻ろうと這いよった。手足にまとわりつき、流れは渦を巻き、マリリアンヌを覆い隠してゆく。やがて風が吹き始めた。ただしそれは生命の息吹をもたらす風ではなく、黒く澱んだ瘴気の風。

ゆらりと立ちあがったものを、村人たちは絶望の目で見つめた。

「黒い……竜巻……!?」

「なんだ……これは……!? おれたちは何を村に入れちまったんだ!?」

「聖女様!!」

「マリリアンヌ様!!」

互いの声はごうごうと逆巻く風にかき消されて聞こえない。

全身の激痛にのたうつマリリアンヌの肌に焦げついたような痕が現れる。ひとの身体では受けとめきれない量の瘴気が肉体を破壊しつつあった。

「おい、こいつが偽聖女なんじゃないのか⁉　やはり聖女はシルフィア様で――おれたちはニセモノを信じて、精霊の怒りに触れちまったんじゃ……」

「でも……でもおねえちゃんは、ミナを助けてくれたのに！」

瘴気の中心で苦しむマリリアンヌに、ミナが手をのばす。

だが指先が黒い霧へもぐったと同時に、彼女を襲うのは灼けるような痛み。

「きゃあっ‼」

見れば、ミナの腕にも黒い斑点が移っている。

「……‼　触るな、やはりこれは呪いだ‼」

「そんな、おねえちゃん！　誰かおねえちゃんを助けて！」

「逃げろ‼」

「巻き込まれるな‼」

じりじりと半径を増す瘴気の渦に、村人たちは背中を向けて逃げだしてゆく。

「ミナ、逃げるわよ！」

「だめ！　おねえちゃんを助けなきゃ！」

引かれた手をミナは振り払った。渦へ突進しようとするミナを女が抱きとめる。

マリリアンヌは渦の中心で倒れ伏し、痛みを訴えるだけの力もなくとぎれとぎれの息を吐いている。握りしめた秘石は乾いた血のように赤黒く変色しながら、それでも抗うように弱々しく火花を放った。

人々の恐怖を呑み込み、渦は拡大する。瘴気の被害を免れていた周囲の樹々までもが萎れてうなだれ、色を失っていく。

近いうちに村は呑み込まれるだろう。

「ああ……もう終わりだ、この村も——」

ミナを抱きしめ、女がうなだれた、そのときだった。

「マリリアンヌ様!!」

絹を裂くような悲鳴とともに、逃げ惑う人々の流れに逆らい、ひとりの少女が現れた。

二

少女の周囲には見慣れぬ姿のものが浮かんでいる。そのうち村人のひとりが少女に気づき、声をあげた。

「シルフィア様!!」

「聖女様と、精霊だ！」

希望に顔を明るくする村人たちと違って、精霊の表情は険しい。

『待ってシルフィア！　これだけの瘴気を祓うには、ぼくらでも時間がかかる』

『渦を鎮めるあいだ、わたしたちはシルフィアを守れない』

集まった人々のあいだを抜け、マリリアンヌへ駆けよろうとするシルフィアを、ヴァルティスとティティアが止めた。

「シルフィア様、あの偽聖女は呪いを受けているのです！　触れてはいけません！」

ミナの肩を抱いた女も言う。シルフィアはその言葉に痛ましげに眉を寄せた。

「でも、それではマリリアンヌ様が――」

「私がシルフィアと行こう」

落ち着いた声とともに、力強い手がシルフィアの手を握った。

瘴気の渦を見据え、隣に並ぶのはリュートだ。

「私も先ほど精霊の加護を受けた。少しくらいは、役に立てるかもしれない」

「リュート様……」

「約束しただろう？　君を守ると」

「……はい！」

目を細めるリュートを見上げ、シルフィアの逡巡は解けた。重なった手を握り返し、瘴気に向かって歩む。

「マリリアンヌ様、今お助けします……！」

リュートに庇われながら、シルフィアの身体が黒い渦へ入り込む。

途端に襲いくる瘴気が皮膚に滲み、シルフィアは歯を食いしばった。リュートはきつくシルフィアを抱きしめる。そうされると、上下すらわからなくなりそうな闇の中で、自分の進むべき方向がはっきりとわかった。

吹き荒れる風に逆らい進むたび、瘴気は濃くなり、肌に灼けたような痕が現れる。

(痛い……！　でもマリリアンヌ様は、もっと痛いのだわ)

「シルフィア、大丈夫か」

「はい。リュート様のおかげです」

シルフィア以上の瘴気を受けているだろうに、リュートは気づかわしげに囁く。

「……リュート様、あれを！」

シルフィアが前方を指さした。暗闇にほんのりと光るものがある。瘴気の嵐の中にあって柔らかく、あたたかな光。

秘石の光が、横たわる人影を照らしだしていた。

「マリリアンヌ様！」

「……シルフィア……？」

小さく返った声に、シルフィアが走りよる。

指先がマリリアンヌの頬に触れた。瞬間、顔を覆っていた瘴気はさっと拭われたように散った。

消えた痛みに、荒い息をつくマリリアンヌが薄く目をひらく。

虚ろな瞳がシルフィアを見上げた。

シルフィアの顔も身体も、瘴気に覆われてほとんど見えない。わずかに見える白い聖衣や淡白色の髪も、あっというまに黒く染まってゆく。ぞっとするような光景だった。

「マリリアンヌ様！ どうか、今度こそ精霊を信じて、心から祈って」

「シルフィア……あんた、まだそんなことを言うの」

何か重くて冷たいものが心臓にまで食い込んでいるのがわかる。手足は温度も感覚も失い、動かすこともできない。そんな状態で祈ったところで何になるのか。

「いいえ！」

マリリアンヌの自嘲を否定するかのように、シルフィアの声が響く。

「祈れば――必ず、精霊は応えてくださいます。遅すぎることなんてないんです……！」

『ほんと、シルフィアはお人よしなんだから……』

暗闇に精霊の声が落ちた。

「ヴァルティス様！」

ぱっとシルフィアの顔が輝く。だが、そのよろこびはマリリアンヌのもとへは届かない。

ふたたび吹き荒れた瘴気がシルフィアとマリリアンヌを分断した。マリリアンヌの身の内に、痛みが、冷たさが、苦しさが、シルフィアによって和らげられていた恐怖が戻ってくる。

『君たちはいつも間違える』

普段の無邪気な姿とは程遠い、ひび割れた氷のような声だった。かすんだ視界では精霊たちがどんな表情をしているのかはわからない。

『マリリアンヌ、あなた、他人の約束を使ったわね。精霊に対して最大の裏切りよ』

『せっかく忘れててあげたのに、思い出しちゃったじゃないか。ハーヴェスト家を陥れたハニーデイル家。五〇年前、君たちはアナスタジアとぼくらの絆を引き裂いた』

「……どういう……」

マリリアンヌの身体がカタカタとふるえ始めた。

『ぼくらはぼくらが認めた聖女に対してだけ、精霊を呼ぶための秘石を与え、祈りの詞を教える。それは聖女とぼくらの約束であって、ほかの誰かが使うことは許されない』

『聖女以外の者が唱えれば、その祈りは呪いとなる。でもあなたたちは、アナスタジアに毒を盛り、約束の祈りを奪いとった』

「――!!」

『〝精霊の怒り〟とはよく言ったものだよね、本当に』

ハーヴェスト家没落の原因となったのは、アナスタジアの代に起きた飢饉が、ハーヴェスト家に対する精霊の怒りだとみなされたからだ。

けれどもその惨禍は、ハニーデイル家の横暴から生まれた。

（そんな……）

瘴気の渦は濃度を増し、視界を闇で覆い尽くした。

漆黒に人影が映る。マリリアンヌと同じ燃えるような赤髪に美しいが険のある目鼻立ち。むしろ彼女は若い頃の母親に似ていて。

（ベアルネ様……？）

マリリアンヌの記憶にはもうない、祖母の姉であり前王妃。彼女が口元に浮かべている笑みは裂けるように醜い。表情を隠そうとするかのようにうつむき、ベアルネは手に持った盃に小瓶から何かを注いだ。忌むべきものだとは思えぬほどに透明で清げな液体。

場所は神殿に似ているが、現在の王都にある神殿とは少し違う。

盃をさしだす相手はアナスタジアだ。

自分が見せられている光景の意味がわかって、心臓が厭な音を立てる。

アナスタジアはほほえみ、礼を言ったようだった。そして盃を口に含む――翡翠色の目が見ひらかれ、胸を押さえる。それから喉を。薔薇色の唇が真紅の血を吐く。

（――!!）

――アナスタジア様!!　おお、なんてこと！

膜を一枚隔てたかのように声は反響してくぐもっていた。それでもマリリアンヌにははっきりと見えたし聞こえた。

秘石に手をのばすベアルネの行為も、

――精霊たちに祈ります。アナスタジア様の身体が癒えますようにと。ですから――さあ、祈りの詞を教えてください。

歪んだ唇がそう唆す声も。

ぐるんと視界がまわる。次に映ったのは恐ろしい光景だった。国じゅうを瘴気が覆っている。王都へ逃げ戻るベアルネを瘴気が追いかけてゆく。

　一方で、床に臥したままのアナスタジアの周囲にも、重たい瘴気が立ち込めていた。精霊たちは懸命に瘴気を祓う。だが彼らの心は悲しみに満たされ、加護の力は弱々しく、瘴気はアナスタジアすらも蝕もうとする。

　アナスタジアが何かを囁いた。赤い精霊の動きがぴたりと止まる。青い精霊は唇を噛みしめた。

『どうして？　どうしてそんなことを言うの、アナスタジア』

　大きな目から真珠のような涙がぽたぽたと落ちる。

『アナスタジアのこと、忘れるなんて嫌だよう』

「あなた方が怒りを持ち続けるかぎり、関係のないたくさんのひとが苦しみ続けます」

　死の淵にあって弱々しい、けれどもはっきりとした声だった。

『だって許せない。アナスタジアにこんなことをする人間なんてみんな――』

　その続きを言わせまいと衰えた手で精霊たちの頬を撫で、アナスタジアも目に涙を浮かべた。落ちくぼんだ目はそれでも美しく輝いている。

「許してあげてください。そうでなければ精霊と人間とは決別してしまう。精霊は恐ろしいものだとみんなが思ってしまう。わたしは精霊も人間も、誰もが幸せになってほしいのです」

『本当にそれでいいんだね――？』

アナスタジアはほほえんだ。

その笑顔が、失った記憶の最後。

ヴァルティスは自らの記憶を封じ、悲しみも怒りも忘れた。ティティアと手をとり、全力で瘴気を祓う。祓いきれなかった瘴気は彼らとともに裏側の世界へ持ち去った。

いずれアナスタジアの跡を継いだ者が彼らを呼び戻してくれることを信じて。

まさかその罪がアナスタジアに着せられるだなんて——アナスタジアの最期の祈りがベアルネの手柄になるなんて、彼らは思ってもみなかった。

「ひ……」

マリリアンヌの心を恐怖が締めつける。

何代にもわたり過ちをくりかえしたハニーデイル家を、記憶を取り戻した精霊たちがどう感じているかなんて、嫌でも想像できる。

ふつりと精霊たちの記憶が途切れる。真っ暗闇の中にマリリアンヌは横たわっていた。

自分の身体がどうなっているのかわからない。闇と自分の区別がつかず、そのまま溶け込んでしまいそうだと思った。

『これが君たちが生みだしたもの』

『シルフィアが祈ってくれるまで、わたしたちが閉じ込められていた場所』

『ここには何もない。おいしいご飯も、きれいな景色も、君が大好きなドレスや宝石も』

精霊の言うとおり、周囲には何もない。寒々しい空虚な闇が広がるだけ。

灼けるように熱い手と凍るように冷たい手が両側からマリリアンヌの頬に触れた。驚いて見上げた先には朱蒼の精霊たちがいる。

だがその姿はこれまでのものとははるかに遠く、異形の肖像だった。手足はのび、頭には何条にも枝分かれした双角をいただく。赤い皮膚は幹となって種々の樹木を茂らせ、青い皮膚は透きとおって空間にたゆたった。

自分が軽視してきた存在がどのようなものだったのか、マリリアンヌは理解した。

(いや……怖い……誰か助けて……!!)

どうしてこんなことになったのだろうかと後悔が胸を塞ぐ。

ハーヴェスト家の人間であったシルフィアをお飾りとはいえ聖女に据え、神殿に入れてしまったからか。シルフィアの心があまりにもきれいでありすぎたためか。

(あたしが――シルフィアを身代わりなどにしなければ――)

これまでハニーデイル家からやってきた聖女たちと同じように、ただもたらされる贈りものだけで満足し、態度だけでも神殿を大切にしているようにしおらしくしていれば、こんなことにはならなかったのだ。

そのことに気づいた瞬間、マリリアンヌの心は粉々に砕け散った。

でしゃばりな彼女は、ハニーデイル家の罪のすべてをかぶることになった。

(だって……そんなこと知らなかったもの。誰も教えてくれなかったじゃない。あの祈りの詞がアナスタジアから奪いとったものだということも、精霊が本当にいるということも――)

氷のように冷たくなった全身をふるわせ、マリリアンヌは恐怖に喘いだ。

国王は彼女から顔を背け、アントニオにも捨てられた。母も伯母も味方になってはくれなかった。

（もう誰もいない――）

絶望に目を閉じようとした、そのときだった。

「――マリリアンヌ様!!」

マリリアンヌの手を、誰かの手が握った。

感覚のなくなっていたはずの手に、あたたかな熱が伝わる。ぬくもりは徐々に広がって、瘴気に溶けてわからなくなってしまっていた肉体の境界を示してくれる。

「……シルフィア……？」

黒い霧が薄れてゆく。精霊たちの力が瘴気を祓いつつあった。真っ黒に塗り潰されていたシルフィアの顔が見える。

頬にも髪にも瘴気の痕を残しながら、シルフィアは泣いていた。

「祈ってください、マリリアンヌ様。ヴァルティス様、ティティア様。どうか、精霊の加護をマリリアンヌ様に……」

涙を流し、必死にマリリアンヌを見つめ、シルフィアは祈りの詞を口にする。

（何を言っているの）

ふつふつと煮えたぎるような怒りが腹の底から湧いた。逆上も甚だしいとわかっていても止められない。

「あんたも見たでしょ⁉　ハーヴェスト家を没落させたのはハニーデイル家なのよ‼」

シルフィアの手から逃れようと身をよじり、マリリアンヌは叫んだ。

秘石と祈りを奪いとり、地上を瘴気で満たし、あまつさえその罪を聖女のせいにした。

そんな一族の娘に、今さら図々しく精霊に祈れと言うのか。

「聖女だからって憐（あわ）れみをかけるつもり⁉　あたしを生かして笑いものにしたい⁉　あたしなんて――」

ひらいた口から入り込んだ瘴気に喉を灼かれ、激しく咳（せ）き込んだマリリアンヌの声はそこで途切れた。

「違います‼　違いますマリリアンヌ様‼」

振りほどこうともがいても手に力は入らず、逆に引きよせられる。

「だって、マリリアンヌ様は、わたしを神殿に入れてくれた……」

神殿に足を踏み入れることすら許されていなかったシルフィアにとって、それはマリリアンヌが与えてくれた機会だった。

神殿を訪れる人々と接して、彼らの役に立ちたいと願ったからこそ、シルフィアはいっそう熱心に祈るようになった。

ヴァルティスやティティアに会えたのも、リュートに会えたのも、自分の進むべき道を見つけられたのも、すべてのきっかけはマリリアンヌの一言なのだ。

「恨むことなんてできません。マリリアンヌ様はわたしの恩人なんです」

「……！」

握られた手に、ぽたぽたとあたたかいものが落ちる。

その雫が心に染み入ったとき、マリリアンヌの瞳からもまた、ひとすじの涙がこぼれ落ちた。

精霊はいる、と訴え続けていたシルフィア。彼女だけは教えてくれようとした。見捨てられたマリリアンヌに誰よりも必死に手をのばした。今だって、懸命に歯を食いしばり、痛みに耐えてシルフィアはマリリアンヌの手をかたく握っている。

ぎゅうぎゅうと痛いくらいに握りしめられる手から、生命の息吹が流れ込む。それは最初、小さなそよ風のようで、徐々に育って身体じゅうを吹きわたり、枯れかけていた命をよみがえらせてゆく。

背中に地面の感触が戻ってきた。

（これがシルフィアの力なんだ……）

自分が生みだしてしまった瘴気とは大違いだ。

身体に吹きつける渦風からも、重なった手からも、灼けつく瘴気が伝わっているはずなのに、シルフィアは痛みに呻き声をあげることすらしない。シルフィアにあるのはマリリアンヌを救いたいという一心だけだ。

（でも、あたしには祈れない）

今さら、何もかも今さらだ。救われたいだなんて虫のよすぎることを。

「お願い、みんなも、マリリアンヌ様のために祈って――!!」

切実な声がマリリアンヌを救おうと呼びかける。ざわめく人々の声はよろこんでいるとは言い難い。村に災厄をもたらしたのだから当然だ。

(ほら、そんなこと誰も望んでない)

そのとき、もうひとつの手が瘴気の渦へ割り込んで、マリリアンヌとシルフィアの手に添えられた。

「リュート様!」

「すまない、手間どってしまった」

「おねえちゃん、おねえちゃん! お願いします、精霊様――」

幼い声が聞こえた。ついで、まだ小さな指の感触が、マリリアンヌの手を握り込む。

リュートの身体の陰から必死に手をのばしているのは、ミナだ。

「生きろ、マリリアンヌ。それが君の償いだ。……兄上も、自らに向き合い始めた」

そういうリュートの腕も、頬も、瘴気に侵食されている。

やがて村人たちもシルフィアの願いに応えてマリリアンヌの名を呼び始めた。

風が吹く。シルフィアから与えられたのと同じ生命の息吹を含む風が、はじめは穏やかに、徐々に激しさを増し、ごうごうと唸りをあげて吹きすさぶ。

瘴気は風に流されて空に散り、晴れ渡る青空が戻ってきた。

風は秘めやかに精霊たちの声を運ぶ。

『大丈夫。助けてあげるよ』

『ええ。わたしたちもリュートと同じ。シルフィアに悲しい思いはさせたくないわ』

『シルフィアやみんなが祈るから……生きていくだけ足りるくらいには、瘴気を祓ってあげられる』

『そこから先は、あなたの責任』

そんなことはしなくていい、と言いたかった。自分にはもう何もない。いい気になってはしゃぎまわり、すべてを失ってしまった。

でも瘴気に灼かれた喉からはこれ以上の声は出ないし、今さらそんなことを言ってみてももう手遅れであることをマリリアンヌは理解していた。

精霊はすでに、マリリアンヌの身体をよみがえらせようとしている。彼らがひそかに伝えたように、生きていける程度には瘴気を拭ってくれる。シルフィアをよろこばせるために。

「マリリアンヌ様！」

泣き濡れてぐしゃぐしゃの顔にまた涙を浮かべて自分を覗き込み、心底嬉しそうに笑うシルフィアに、マリリアンヌは眉を寄せた。

（あんたに助けられるなんて……）

その悪態をつくだけの力は、もう残っていなかった。

三

瘴気が晴れて、ようやく助けだせたマリリアンヌは意識を失ってしまったけれども、表情はおだやかだった。炭のように黒ずんだ手はシルフィアの手を握り返すように内側に丸められている。秘石は瘴気の中で粉々に砕け散って消えていた。

瘴気の渦の中で力を振りしぼるように瞬いていたあの秘石も、きっとマリリアンヌを守ってくれたのだとシルフィアは思う。

マリリアンヌのかたわらに座り込むシルフィアの肩に、手が置かれた。リュートもまた、痛みを耐えるような表情を浮かべている。

「近くの町で馬車を手配するよう命じてある。王宮へ連れて戻ろう。罪人ではあるが、身柄は保護する。罰はこれから彼女自身が受けることになる」

芯まで瘴気に蝕まれた身体は苦痛を訴えるだろう。だがそれ以上に、悲鳴をあげるのは心のはずだ。

「マリリアンヌ様……おいたわしい」

『おいたわしいじゃないでしょ～！　シルフィアだってこんなになって！』

眉を寄せるシルフィアにヴァルティスが食ってかかり——すぐにその涙を見て、口をつぐむ。

『もう……早く治させてよ』

『あなたもよ、リュート』

シルフィアがマリリアンヌにそうしていたように、小さな赤い両手がシルフィアの手を、青い両手がリュートの手をとった。全身を覆った瘴気は渦が消えると同時に祓われたけれども、マリリアンヌと触れ合っていた手は赤黒く変色し、今も痛みを覚えている。

『瘴気に弱いって言ったのに』

リュートよりもずっと濃く残った瘴気の痕を丁寧に拭いながら、ヴァルティスは小言を漏らした。加護の力で瘴気を浄化することができても、すべてがなかったことになるわけではない。こうして傷を負えば痛みの記憶は残るし、心に負担をかけすぎれば以前のように倒れることもある。

「心配かけてごめんなさい、ヴァルティス様」

『いいよ、ほら治った――』

ヴァルティスが手を放す。と同時に、ヴァルティスはシルフィアの腕に抱きよせられていた。小さな身体に気を使いながらシルフィアの指が癖のある髪を撫でる。

「……また人間を好きになってくれて、ありがとうございます」

「！」

顔をあげたヴァルティスの目に映るのは、泣きだしそうなシルフィアの笑顔。

渦の中で、マリリアンヌとともに、ヴァルティスの記憶を見た。痛ましくて切ない、精霊たちの記憶を。

ヴァルティスの顔がくしゃりと歪む。すぐに赤い眸から大粒の涙がこぼれ始めた。

『シルフィア……アナスタジア～～！』

白い聖衣に顔を埋めわんわんと泣きだしたヴァルティスをやさしく抱きしめ、シルフィアは背中を撫でてやる。

そんな様子を見ていたリュートも、ティティアに手をのばした。だが指先が青い髪に触れる前にティティアはその手を振り払い、すいと飛んでいってしまう。

「……」

手をさしのべたまま固まってしまったリュートを置き去りに、ティティアはミナのもとへ向かった。

『あなたも瘴気の匂いがするわ』

「え？」

『手を出して』

言われたとおりミナがさしだした手は、シルフィアと同様、灼けたようになっていた。

『よほど想いを込めて、マリリアンヌを助けようとしたのね』

「おね……マリリアンヌ様、ミナのことを助けてくれたの」

ミナは翠の目に涙をためてマリリアンヌを見つめる。シルフィアはミナを見た。

「じゃあ、あなたが」

「マリリアンヌ様、目を覚ます？」

「もちろん。王都に帰って、お医者様に診てもらうわ。そうしたらきっと元気になるわ」

シルフィアはにっこりと笑った。心細げな顔をしていたミナも少しずつ笑顔になる。

「わたしも王都に行ってもいいですか？」

「それはかまわないが……」

リュートを見上げるまなざしは真剣だった。先ほどの短いやりとりで、マリリアンヌの措置はリュートに委ねられていると察したのだ。

（賢明な子だ）

ミナは立ちあがり、深々と頭をさげた。

「ありがとうございます。わたし、マリリアンヌ様のおそばにいたいの」

「ああ。彼女を頼む」

リュートはほほえんだ。

あのとき、瘴気の渦の中でシルフィアのあとを追おうとしたリュートの前に、ミナが飛びだしてきたのだ。

薄れていたとはいえまだ吹き荒ぶ瘴気はミナを蝕もうとしていた。だがミナが訴えたのは、自分自身の安全ではなくマリリアンヌの名で。

——おねえちゃんを……マリリアンヌ様を、助けて！

だから、リュートは信じてみようと思った。シルフィアの言うとおりマリリアンヌがいつか心を改め、自分の罪と向き合える日が来ることを。

（私はマリリアンヌも、自分の父親すらも、罰を受けて当然だと思ってしまった。しかしシルフィアは違う。その先の可能性を信じている）

眩しそうに自分を見つめるリュートの視線に気づき、シルフィアははにかんだ。

「きっとこれから、マリリアンヌ様も精霊を信じてくださいます」

シルフィアの腕の中のヴァルティスが、ぱっと顔をあげた。もう涙は止まったらしい。そのかわり、赤い精霊は渋面を作り、シルフィアの顔の前に浮かびあがった。

『そりゃあそうだけどさ、だからってシルフィアが痛い思いをすることはないんだよ！もうこんなことはやめてよね。放っておけばよかったんだ』

『ぐちぐち言ってたって仕方ないじゃない、それがシルフィアなんだから。でもシルフィアも、ヴァルティスの気持ちはわかってあげてね』

ティティアの姉のような口調に思わず笑ってしまう。まるできょうだい喧嘩をたしなめられているようだ。

『笑わないで!!　ちゃんと反省してるの!?』

「ごめんなさい、家には弟や妹しかいなかったから、なんだか不思議でつい」

『ふんっ、もう、知らない！』

頬を膨らませたヴァルティスはくるりとそっぽを向き、空気を蹴る仕草をする。

それが照れ隠しだとシルフィアにはわかっていた。

どういった経緯かはわからないが、マリリアンヌは奇跡を起こした。最後には瘴気の竜巻を引き起こすことになってしまったけれど、その直前になされた祈りは聞き届けられた。精霊は祈れば応えてくれる。それが罪びとの祈りであっても、誰かのために心から祈るのなら。

『マリリリリンヌが元気になるかはわかんないよ。瘴気は心にも身体にも染みついていて、ぼくらだって浄化しきれない。彼女が自分でそそいでいくしかないんだ』

「ええ。大丈夫ですわ。ミナもいるもの。ね？」

「はい！　ミナ、がんばる」

シルフィアとミナにそう言われてしまっては、ヴァルティスも黙らざるをえない。ただ、抗議を示し、舌を出してあっかんべーをしていた。

ティティアは今度はたしなめることをせず、黙っていた。

《それがあなたの結論なのね》

許してあげてと願うアナスタジアに、許せないとヴァルティスは泣いた。自分の大切なものを奪ったから。どうしても許しきれなくて、彼は悲しい記憶を忘れることにした。

ヴァルティスがマリリアンヌの名を憶えようとしないのもそのせい。

《わたしたち精霊は……なんて寂しがりでいじらしいんでしょう》

ティティアの視線の先では、シルフィアがヴァルティスの機嫌をとろうと顔を覗き込んでいる。

「ヴァルティス様、ミナが村の名物を食べさせてくれるそうですよ！」

『そんなこと言ったって――』

「蜂蜜のた～っぷりかかった、ベリーパイですって！」

「う、うん！　森でとったベリー、おいしいの」

ミナも一生懸命に頷いた。

『蜂蜜たっぷりベリーパイ……⁉』

ふりむいたヴァルティスの目は、未知の食べものへの期待に輝いている。

『た、食べる～～っ！』

許すことが、アナスタジアとシルフィアの願いだから。

マリリアンヌが己の瘴気を拭いきったとき、ヴァルティスもまた彼女の名前を正しく憶えてやれるだろう。

お飾り聖女のはずが、真の力に目覚めたようです

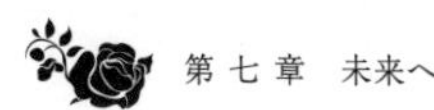

第七章　未来へ

一

村の入り口で、シルフィアたちは待ち受けていた人々に迎えられた。

リュートが先に馬車から降りて手をさしのべる。

「気をつけて」

「ありがとうございます」

やさしい視線で見つめられ、シルフィアは顔を赤くした。

国じゅうを旅してすでに二年、それでもリュートがそばにいるという事実はシルフィアを浮足立たせたし、いつまでたっても慣れることはない。

現れた聖女の姿に村人たちは歓声をあげた。

今回の旅でシルフィアたちが訪れたのは、国の東端に位置する山岳地帯だ。

「皆さん、お出迎えありがとうございます」

「ようこそお越しくださいました、聖女様」

馬車には色とりどりの花が飾られている。行く先々で、精霊の力に感謝を込め、助けられた人々が捧げたものである。そのおかげで、シルフィアは〝花飾りの聖女〟と呼ばれていた。

聖女の名声はこの上なく高まり、数か月に一度シルフィアが神殿に戻るたび、王都は祭りのような騒ぎになる。

「このような辺境の果てまで。光栄ですわ、聖女様」

「それに、精霊のヴァルティス様とティティア様」

『今日はどんなご飯が出るのかな～♪　おっかし、お菓子はなんだろな～♪』

「ふふ、お話どおりのかわいらしい方々ですね。旅のお疲れをとっていただこうと、村の名産であるチーズで作ったタルトを用意いたしました」

『チーズ！　タルト～～～♪』

『……』

ウキウキと歌うヴァルティスに、無反応を貫きながらもそわそわとタルトを待っているティティア。

歓迎の宴が始まると、精霊たちは心ゆくまで料理を味わい、歌や踊りにいっしょになって飛びまわる。彼らにとっても、シルフィアが神殿にいるよりは、国をまわって旅をしてくれたほうが楽しいのである。

この二年間で国にたまった瘴気の浄化はほとんど終えた。

これまで隆盛を誇っていたハニーデイル家が没落したことで、領主たちは事態の重大さを感じとり、シルフィアに恭順を誓った。さらには、領内の祭りへの協力や、領民が王都の神殿に詣でる際の援助など、行動としても現れているという。

『ま、何事も形からだよね』

そのヴァルティスの言葉どおり、精霊への祈りは増え、浄化は捗った。

マリリアンヌは今も王宮の一室にこもり、身体に残る瘴気と戦っている。彼女につきそい励ましているのは成長したミナだ。

リュートは彼女に侍女の仕事の訓練と教育を与えた。

「わたしの命はマリリアンヌ様に拾ってもらったから」

ぴったりと傍らを離れないミナをマリリアンヌは何度か遠ざけようとしたが、近ごろでは笑顔を見せるようになった。療養のため、王宮から移転させてもいいのではないかという話が出るくらいには回復もした。完全に回復するまで、こればかりはあと何年かかるのか誰にもわからないが、その日が必ず訪れることをシルフィアは確信している。

身分を隠し地方領主となったアントニオも、心を入れ替えたと見え、領地からの評判は上々であるらしい。

ヴァルティスとティティアの世話を焼くシルフィアを手伝いながら、リュートは顔をあげ、村を取り囲む山々を見つめた。初夏の青葉が空の青に萌え、天空と大地とのコントラストを作っている。

何かがひとつ違っていれば、この景色を見ることはなかったし、シルフィアの隣にもいられなかったかもしれない。

(これも、精霊の加護なのかもな……)

シルフィアは村の料理に幸せそうな笑顔を浮かべている。

「リュート様もどうぞ」

「ああ。ありがとう」

リュートはシルフィアの隣の席に腰をおろすと、そっと寄り添った。

「——幸せだと、考えていたんだ」

「はい」

「私の隣にシルフィアがいてくれて」

「……!」

シルフィアの頬が真っ赤に染まる。

このごろでは迎える側の人々もリュートの正体に気づいていたが、大きく騒ぎ立てることもせず、ただ笑顔で見守るばかりだった。

歓迎を受けた翌日、シルフィアたちは村人たちに先導され、村を囲むように並ぶ山々へと入っていった。

険しい山道のぶん、自然は豊かだ。生い茂る木々が放つ緑の香りがシルフィアたちを包み込む。

「大丈夫か、シルフィア。手を」

「はい、リュート様」

「ゆっくりでいい」

さしのべられた手をとり、礼を言いつつ、シルフィアは頬を染めた。

二年たってもリュートの気持ちは変わらない。そのことをリュートはことあるごとにシルフィアに告げてくれるし、言動の端々からも大切に想われていると伝わってくる。

こうしてエスコートされるたび、リュートを意識してシルフィアの胸はどきどきと高鳴ってしまう。

もちろんリュートはそれを見越して手を貸しているのだが、シルフィアは気づかない。

（リュート様は純粋に気を使ってくださっているのに、わたしときたら……！）

と眉を寄せていた。

「美しい景色だな」

「はい。こんなところに瘴気があるなんて……」

村人たちの話では、村近くの山々は恵みをもたらしてくれるありがたい場所なのだが、一か所だけ、人が立ち入れなくなっているところがあるという。植物は根を張ることができず、動物も近よらない。その場を訪れた者は必ず体調を崩すそうだ。

「祖父母の代から、あの山は呪われていると言って、立ち入りを禁じております」

村長から話を聞いたとき、シルフィアはそれが瘴気によるものではないかと思った。

（それに……）

小鹿を見つけて大よろこびしているヴァルティスも、『精霊の使いね』と笑っているティティアも、どこかぎこちない。

（もしかして、ここが）

逸（はや）る胸を押さえ、シルフィアはリュートに視線を向ける。リュートも同じことを考えていたようで、ふたりは顔を見合わせると頷き合った。

「もうすぐです」

案内の村人が指し示す。

鬱蒼とした森は途切れ、生命力を失った枯れ木が互いを庇い合うようにして干からびた枝を重ねている。その隙間から漏れる黒い霧。

（瘴気だわ）

シルフィアはヴァルティスとティティアをふりむいた。

だが、いっしょに働けるのが嬉しいと飛び込んでくるはずの精霊たちは、呆然とした面持ちで枯れた森を眺めているだけ。

（やっぱり、ここは）

「シルフィア。……祖父、先代国王が、アナスタジアは東部で消息を絶ったと。もしかすると、ここは……」

囁くリュートの表情も暗く、緊張している。

足を踏み入れると枝はぱらぱらと砂のように崩れて落ちた。色を失った樹々をかきわけて進むと、突然ぽっかりと目の前がひらける。植物はまるで忌避するように根をおろさず、乾いて亀裂の走る地面にひねた枯れ草が這うだけ。

これまで見たうちで最も深刻な光景に、シルフィアは息を呑んだ。

中心には廃墟(はいきょ)があった。山の中にもかかわらず石造りの建物で、ずいぶん昔には立派なものであっただろうと思わせる。くすんで土に薄汚れているが、白い石を使ったその建物の形にリュートもシルフィアも覚えがあった。

「やっと見つけた……」

崩れた壁の隙間から、瘴気が漏れだしている。

王都周辺にあった瘴気とは違う。五〇年ものあいだ滾々(こんこん)と、流れても流れきれぬ瘴気を土中に染み込ませながら、この神殿はあったのだろう。

ひそやかに佇む神殿を見つめ、あふれそうになる涙を拭うとシルフィアは笑顔を作った。こわばった頬を手のひらで軽く叩き、自然な表情になるよう念じる。

「ヴァルティス様、ティティア様」

呼び声に精霊たちが顔をあげる。

「神殿を浄化しましょう。お力を貸してください」

『シルフィア……』

『……そうね。やりましょう、ヴァルティス』

ティティアが壁の割れ目から神殿内を覗き込む。

『それがアナスタジアの望みでもあるはずだわ』

ぽそりと呟かれた言葉はシルフィアの耳にも届いた。

ヴァルティスも頷く。

手を組み、シルフィアは祈った。隣でリュートも祈る。ふたりに倣い、案内してきた村人たちも膝をついた。今ごろ村でも、残った村人たちが精霊のために祈っているはずだ。

「どうか、ご加護を……！　瘴気を祓い、恵みあふれる山へ、お戻しください」

シルフィアが願うと、ヴァルティスは大地を揺らし、ティティアは風を起こす。地中から滲みでた瘴気は激しい風に吹き煽られ、細かな塵となって天空へと運ばれてゆく。

一瞬、黒雲が立ち込めたように空は暗く閉ざされた。過去の悲劇を引きずるように、瘴気は王都のものよりもどす黒い――だが脆く、あっけないものだった。すぐに霧は晴れ、太陽の日射しが戻ってくる。

陽光を浴び、潤いを取り戻した土地からは多くの植物が芽吹き始める。茎をのばし、葉を茂らせ、花を咲かせ、何もなかった空間は見違えるほどの瑞々しさを得た。

シルフィアはほほえみ、背後を振り返った。

「これで、この場所はもう安全ですわ」

「ああ、ありがとうございます」

シルフィアの言葉に村人たちが安堵の息をつく。

『終わったね』

『ええ……』

ヴァルティスとティティアもそれだけ言葉を交わし合い、目を伏せた。

「この神殿のことを、わたしは知りませんでした」

「その昔、国を守るために東西南北の国端に神殿を作ったという話を聞いたことがある。アナスタジアは〝祈りの旅〟によって神殿を復興しようとしたのかもしれない。しかし飢饉とその後の混乱で打ち捨てられてしまったのだろう」

開けっぱなしの扉へまわり、シルフィアは中へ足を踏み入れた。やはり王都にある神殿と造りは似ている。壁には赤と青の聖紋が描かれ、祭壇らしき台もあった。

「この神殿や、ほかにもあるはずの神殿を修復すれば、近隣の人々がここを訪れることができますね」

「そうだな。王都の神殿はもう手いっぱいだ」

シルフィアのおかげで精霊を信じる者は格段に増えた。連日神殿を訪れる参拝客のために王都の経済は発展し、人口は増え続けている。さすがに分散させなければまずいとリュートも考えていたところだったのである。

「近隣の村や町にも手伝ってもらわねば……」

リュートとシルフィアが話し合っている横で、ヴァルティスとティティアは神殿の中を飛びまわった。

マリリアンヌに見せたのは、この神殿の記憶。

かつて、純粋で疑いを知らぬ精霊は、ただ親愛の情を示そうと聖女に秘石と呪文を授けてしまった。それを物陰から窺っていた人間がいるとは知らずに。

心やさしい聖女は、忘れるようにと願った。許せないのなら、許せるようになるまで。時が精霊たちを癒やし、ふたたび人間たちを愛せるように。

その願いはついに叶った。シルフィアの伝える美しいもの、おいしいものは、ヴァルティスが地上に戻ってからも地上のものたちを愛する手助けになった。記憶を取り戻したヴァルティスは、過去の記憶に決着をつけることができた。

そしてまた、ハニーデイル家の過ちの始まり、エルバート王国に瘴気をもたらす原因となった場所を、シルフィアと精霊はついに癒やした。

『シルフィアが、この神殿に新しい意味を持たせてくれるなら……』

『ここは悲しいだけの土地ではなくなるわ』

ヴァルティスとティティアは頷き合う。

アナスタジアの意志は、シルフィアによって受け継がれるだろう。

この場所にも人々の笑顔と祈りがあふれるはずだ。

《でも、その前に――》

《まずはシルフィアの恋の行方なんだけど》

リュートと並んで歩きながら、ときおりリュートを見つめては頬を染めているシルフィアを見、ヴァルティスとティティアはぴこぴこと尖った耳を動かした。

ふと気づくと、リュートの周囲にはシルフィアしかいなかった。案内の村人たちは神殿に入ることを憚っているらしい。そこらを飛びまわっていたはずのヴァルティスとティティアも、今はしんとしてどこにいるのかわからない。

日は傾きかけていた。

「もう戻ろうか。あまり遅くなっても迷惑だろう」

さしだした手を、シルフィアがとる。

けれど、引こうとした手を、逆に引きよせられた。包み込むようにシルフィアの両手が重ねられる。

「シルフィア……?」

「お返事を、リュート様」

不思議そうに名を呼ぶリュートの視線と、真剣なシルフィアの視線がぶつかる。

夕日のためでなく頬を赤らめながら、それでもまっすぐに、シルフィアはリュートを見上げた。

「お返事を申しあげます」

「――……」

一瞬、頭が真っ白になってしまったことを、のちにリュートは照れくさそうに明かした。

シルフィアを急かす気はなかったから、この二年間、好きだと伝え続けてはきたが返事を求めたことはなかった。まずは国を巡りたいという彼女の意志を尊重したかったからでもあり、突然与えられた地位にシルフィアが困惑していることも理解していたからだ。

シルフィアなら、時間がかかっても返事をくれるという信頼のためでもあった。

だから、このときが来ることはわかっていたはずなのに、来てみれば自分でも驚くほどに心の準備はできていなかった。

「リュート様、わ、わたしは、リュート様のことが……好きです。でも、ずっと自分に自信がなく……だってわたしはお飾りでしたから、まさかおそばにいられるなんて思っていなかったのです」

「シルフィア……」

「国を巡り、ヴァルティス様やティティア様にもお力を貸していただき、やっと自分の行いに自信が持てました。わたしがこの先何をしていくべきかも見えたつもりです。だから、そのときに……」

シルフィアの頬が茹だったように赤くなる。頬だけではなく、額から耳の先まで。

真っ赤になりながらも、シルフィアは一生懸命に言葉を紡いだ。その気持ちがわかるからこそ、リュートの心も締めつけられるように高鳴る。

自分の頬も赤く染まっているのだろうと、リュートは思った。

「リュート様の、おそばにいたい、です。いっしょにこの国を守っていきたい……」

握られた手がふるえていることに気づき、思わずシルフィアを抱きよせる。

おそるおそるシルフィアの腕が応えた。全身を巡る鼓動は、どちらのものかわからない。

「ありがとう。シルフィア。……私と、結婚してほしい」

「――はい、リュート様。よろこんで」

潤んだ目でほほえむシルフィアが、あまりにも幸せそうだから。ほほえみ返すことすら忘れ、リュートは抱きしめる腕に力を込めた。

重なる二人の影を――神殿の柱の影から、興味津々な精霊たちが、見守っていたとかいないとか。

二

王都に戻り、リュートは正式に王太子となった。

リュートとシルフィアの婚約は国じゅうから歓迎された。

晴れた青空のもと、祝福のために王宮へと集まった人々に向けて、シルフィアは重大な決断を発表した。

聖女の廃止である。

まっすぐに民衆へまなざしを注ぎながら、シルフィアは語った。

「聖女がいても精霊は忘れ去られ、祈りは途絶えてしまう。ならば逆もあります。聖女がいなくとも精霊はこの地に留まってくださるでしょう。皆が感謝の気持ちを忘れなければ」

動揺のざわめきはすぐにおさまった。

心地よい風がシルフィアの言葉をのせて吹き渡り、王都の隅々まで声を響かせたからである。

それは精霊たちがシルフィアの決断を認めている証だった。

「自分の心で祈れば、どこにいても、精霊は聞き届けてくださいます」

聖女の血筋だとか資格だとかいったことは、人間の側が決めたこと。祈りの方法だって、シルフィアの自己流が受け入れられた。

「〝聖女〟という役割はもう必要ありません。皆さんがいれば」

思ってもみなかった宣言に、だがしかし心のどこかで納得しながら、人々は家へと戻っていった。

二年という長い年月をかけて国じゅうをまわったシルフィアは、多くの人々に会い、精霊たちを引き会わせてきた。お伽話(とぎばなし)の精霊を、身近な、親しみある存在に変えた。それはこのときのためだったのだ。

実を言えば、聖女の廃止に一番反対したのは、当の精霊であるヴァルティスだった。話を聞いた瞬間、『絶対ダメ――ッッ!!』という絶叫が王宮に響き渡り、ティティアはしかめ面をして耳を塞いだ。

『秘石を要らないって言われたときから、ちょっとはわかってたんだけど……』

眉をひそめ、小さなこぶしを握りながら、ヴァルティスは呟いた。

『ぼくらは好きな人間には力を貸してあげたいし、大切にしてあげたいんだよう』

唇を尖らせるヴァルティスにシルフィアはやさしい笑みを浮かべる。

「ええ。でもそれを一人だけに限定することはないと思いますし、わたしは聖女よりももっとなりたいものがあるのです」

『もっと、なりたいもの……？』

「ヴァルティス様と、ティティア様の、お友達です」

赤い手と青い手をとり、シルフィアは「どうですか？」と尋ねた。

『オトモダチ……』

『……まさかそれも知らないの……？』

微妙な表情になるティティアを、ヴァルティスはムッとふりむく。

『わかってるよ！　……びっくりしただけ……だって、友達だよ？』

『うん、気持ちはわかるわよ……』

照れくさそうなヴァルティスとティティアの様子に、シルフィアは破顔する。

「お互いの好きなものを共有して、いっしょに旅をして、みんなに会って……それって仲よしってことだと思いませんか」

『シルフィア……』

ぱちくりと見開いた赤い目が、やがてきらきらと輝きだす。

『うん——そうしよう。ぼく、それがいい』

『シルフィアはヴァルティスの機嫌をとるのがうまいわね。ヴァルティスが欲しがりそうなものをちゃんとわかってる。わたしにも異存はないわ』

ティティアも笑うと、頷いた。

『じゃあ、今からぼくらとシルフィアは、友達ね！』

「リュート様やエドやセラスやニケ、城のみんな、王都のみんな、国じゅうのみんなです。ヴァルティス様とティティア様が国じゅうの人々とお友達になってくださったら、こんなに素敵なことはありません」

『うん。……たまにはケンカすることもあるかもしれないけど、トモダチなら仲なおりできる。ああそうだね、なんていい考えだろう』

くるくると宙を飛び跳ね、ヴァルティスははしゃいだ。ティティアは落ち着いたまなざしでそんな彼を眺めていたように見えたが、彼女の耳もまたぴこぴこと嬉しそうに揺れていた。

——こうして、エルバート王国から、聖女はいなくなった。

『とは言ったけどさあ～!!』

王宮の一室で、ソファのクッションに飛び込みながら、ヴァルティスは手足をふりまわして叫んだ。

『みんな祈りすぎ！　忙しい！　あっちの牛、こっちの畑、病気をくいとめたり、川の氾濫を抑えたり……！　ぼくそんなに働けないよ！』

『と言いつつ頼りにされるのをよろこんでいるわね』

『だってさ、エルバ村のカイはこの前お菓子をくれたし、ゲード村の牛たちのミルクで作るバターはパンにぴったりだし、ニケはぼくの絵を描いてくれたし……』

『ハインとのおしゃべりは楽しいし、ベルンの町のヨセフはわたしの髪を花で飾ってくれたわね』

『だからみんな叶えてあげたいんだもん！』

『叶えてあげたらいいじゃない』

加護の力に距離は関係ない。それに空を飛べる精霊にとって、現地の様子を見にいくこともそれほど大きな負担ではない。

ヴァルティスがぼやいているのはシルフィアの気を引きたいからだということを、全員がわかっていた。

だがそのシルフィアは今、この場にいない。

『リュート！　笑ってるともう加護かけてあげないんだからねっ！』

矛先が自分に向いたことを察知したリュートは表情をひき締めてヴァルティスに向き合う。目の端にわずかに笑いが残っていることは、ヴァルティスには気づかれなかった。

「加護をかけてくださっていたのですか？　ありがとうございます」

『シルフィアが毎日祈るから！　リュート様のお仕事がお忙しそうなので、お身体が心配で……って！』

『ああ、それで忙しいアピールなのね』

ティティアが納得と呆れの混ざったため息をついた。

王都へ戻り王太子となったリュートには多くの政務がふりかかってきていた。シルフィアのそばにいられるのはわずかな時間だけ。そのあいだリュートは疲れを見せないが、シルフィアが懸念したとおり、心身ともに多くの負担があった。

「近ごろは疲れを感じることが減り、政務にも慣れてきたのかと思っていましたが」

『ぼくのおかげ！　ぼくだって！　ぼくだって忙しいのに～～!!』

『わたしたちの力の源は祈りの心だから、祈りが立て込んだところで疲れるどころか元気になるのよね』

『だいたいぼくらのほうが早くシルフィアに出会ってたのにさ。リュートにとられちゃって……シルフィアはリュートのことばっかり』

しゅん、と尖った耳をさげているヴァルティスにふたたび頰がゆるみそうになって、リュートは咳払いでごまかした。なぜ彼が突然に不満を表したのか、これでわかった。

聖女という役割をなくしたとはいえ、ヴァルティスとティティアが寵愛する人間がシルフィアであることに変わりはない。要は、リュートへのやきもちなのだ。

精霊たちから妬かれるほどシルフィアが自分を気にかけてくれているのだと思えば、心はくすぐったい。

『あ〜！ また笑ってる！ ちゃんと話聞いてないでしょ！』

「いえ、そんなことは……」

『傷ついた！ ぼくらからシルフィアをとったんだから、イシャリョウ……要求する！ 毎日レーズンクッキー一〇〇枚！』

『そうね。この傷はそのぐらいしてもらわないと癒えないわね』

『いや、それよりクッキー五〇枚にタルト五〇個……』

『待って、クリームパイも入れましょう』

いつもならばヴァルティスをたしなめてくれるはずのティティアもいっしょになって額を突き合わせ、配分に頭を悩ませている。

（人間界で悪い風習を覚えてしまったようだな……）

今度の苦笑は抑えきれなかった。

『で、そんな貴重な時間なのに、シルフィアはいつになったら出てくるのさ？』

ひとしきりお菓子の名を挙げたところで、ヴァルティスはひょいと顔をあげて隣の部屋へと続く扉を見た。シルフィアが部屋へ入ってから、ずいぶんたつ。

『ぼくちょっと様子を見てくる！』

出てくるまで待っていて、と言われたことを忘れ、ヴァルティスが飛び込んでいく。ティティアも続いた。リュートだけは慌てて扉から視線を逸らし、中を覗いてしまわぬようにした。

なぜなら、中にいるシルフィアは――。

扉の向こうに飛び込んだヴァルティスは、ぽかんと口を開けてシルフィアの姿に見入っていた。

普段まとめていた髪をおろし、ゆるく編んだ結い目には花を飾って、何より、裾のふわりと膨らんだドレスをまとっている。若草色を基調としたドレスには蔓薔薇（つるばら）の刺繍（ししゅう）があしらわれ、これまでの聖衣とは違った印象を与えた。

「ヴァ、ヴァルティス様、ティティア様……！　入ってこないでくださいと、言いましたのに」

シルフィアに非難の目を向けられても、精霊たちはひるまなかった。むしろ叱られていることも気づいていないに違いない。

『かわいい！　シルフィア！』

『聖衣の姿しか見たことがなかったけれど、ドレスもとてもよく似合っているわ』

すいっと飛んで近づくと、周囲をくるくるとまわりあちらこちらから眺めている。

「ほら！　シルフィア様のこと、と〜〜〜ってもかわいいって、精霊様たちも言っているじゃないですか！」

怒ったような声をあげるのはセラスだ。セラスもシルフィア付きの侍女見習いとして王宮に出仕している。憧れの王宮暮らしに加えシルフィアの世話ができるとあって、ほかの侍女たちを追い抜く勢いの働きぶりだ。

リュートが第二王子であると知ったときのセラスのよろこびようと過去の非礼に対する恐縮ぶりは、しばらく子どもたちのあいだで語り草だった。

「と〜〜〜っても、とは言ってないわ……」

精霊たちの賛辞とセラスの小言にシルフィアは眉をさげた。

「本当に？　おかしくはありませんか？　この五年、毎日聖衣だったもので……」

神殿から離れることを禁じられていたときは当然服を買う余裕などなかったし、聖女として国をまわっていたときも慣れ親しんだ聖衣が一番動きやすかった。

結局、聖女廃止を宣言するまで、ほかの衣装を身にまとうことはほとんどなかった。

婚約者となったシルフィアにリュートはたくさんのドレスを贈ってくれたし、シルフィアが自分自身で選んだものもある。その中でもこれはお気に入りの一着なのだが……。

「なんだか見慣れない自分の姿が恥ずかしくて。ほかの方から変に思われるのではないかと心配で、着替えが終わったあとも出てゆくことができず……」

セラスを相手に悶々（もんもん）としていたところに、ヴァルティスとティティアが飛び込んできたのだった。

『ほかの方、ていうか、リュートでしょ？』

ティティアの的確な指摘にシルフィアの頬がさらに赤くなる。

『なんで？　こんなにかわいいのに！』

『そうね……それが乙女心というものね』

腕組みをし、何かを考えていたティティアであったが、いい案を閃（ひらめ）いたという顔で手を打った。

『シルフィア。そんなに心配なら、加護をかけてあげるわ。シルフィアの姿が美しく見えるように』

「本当ですか⁉」

『ええ。精霊の加護は生命力の増幅だもの。魅力を増すこともできるの』

不安に曇っていたシルフィアの表情がぱっと輝いた。ティティアの手を握りしめ、飛び跳ねんばかりになっている。

「お願いします！」

『いくわよ、ペロリンポンのぷいっ！』

謎の奇声とともに、真顔のティティアが腕を振った。

妙な響きの呪文に首をかしげる間もなく、一陣の風がふわりと部屋を横ぎってシルフィアの髪を揺らした。

途端、髪を飾っていた花々はぐんぐんと茎をのばし、蕾をつけたかと思うと、色とりどりの花が咲く。華やいだ空気にシルフィアは感嘆の声をあげた。

「まあ……！」

『これでいいわ。完璧よ』

あちこちからシルフィアを眺め、腰に手を当てると、ティティアは自信ありげに頷いた。

その様子にシルフィアも勇気づけられる。胸の真ん中に自信が湧いてきたような気がする。扉の外へ一歩を踏みだす勇気も。

「ありがとうございます！　でもあの、その呪文は……？」

『エドに言われたの。呪文を唱えたほうが精霊ぽいって。わたしたちは生命力の結晶のようなものだから、呪文は必要ないのだけれど』

ティティアはあいかわらず内心の読めない表情で淡々と語るけれど、その提案を素直に実践するということは呪文を気に入っているらしい。

（エド、なんてことを……）

精霊に悪戯を仕掛ける肝の太さに頬をひきつらせる。セラスも頭を抱えていたが、すぐに自分の役割を思い出したようで、扉の脇に控えた。

「シルフィア様！」

小声で名を呼ばれ、シルフィアもわたわたと扉に向き合う。

扉の向こうには、リュートがいる。様変わりしたシルフィアの姿を、楽しみに待っているに違いない。

すう、と深呼吸をするとセラスに頷く。

「シルフィア様、ご準備できましてございまあす！」

セラスが扉をひらく。

窓際で外を眺めていたリュートがふりむいた。

ふたりの視線が合う。

――リュートの顔に浮かんだほほえみを、自分は一生忘れることができないだろう、とシルフィアは思った。

（わたしがこの方の隣に並んで見劣りがしないなんてこと、あるのかしら）

窓からの陽光を受けた金髪が光の粉を散らしたように輝き、細められたまぶたの奥にはシルフィアを見つめる青い瞳。わずかに頬を染め、はにかんだような笑顔で、リュートはシルフィアに歩みよった。

背後で気を利かせたセラスの「ヴァルティス様、ティティア様、クッキーを食べましょう！」という囁き声がして、扉は静かに閉まった。

ティティアの加護のおかげで、リュートの目にはシルフィアは美しく映っているはずだ。

そう自分に言い聞かせ、うつむきそうになる顔をあげる。

「あ、あの……似合っているでしょうか」

「ああ。よく似合っている。とてもきれいだ」

リュートの視線も声もとろけそうに甘く、それが本心であることを伝える。

シルフィアの心臓は破れそうなほどに脈打ち、頬が熱を持った。

「ありがとうございます……」

「抱きしめてもいい？」

「えっ⁉　あっ、は、はい！」

慌てて頷いてから、自分が何を了承したのかに気づく。

リュートのほほえみが深くなる。さしのべられた手が真っ赤になっている頬の熱を確かめるように触れた。心臓がうるさい。世界から音が消えてしまったようだ。

視界にあるのはただリュートのまっすぐな視線とほほえみだけ。

リュートはシルフィアを抱きよせると、その翡翠色の目を覗き込んだ。

「一生をかけて君を守り、幸せにすると誓った」

だから、ずっとそばにいたい気持ちをこらえ、国の立て直しを優先している。貴族たちの配置換えを行い、様々な政策を打ちだして。

国じゅうの民が笑顔にならなければ、シルフィアの願う幸せは訪れないから。

リュートの決意を感じとり、シルフィアも彼の肩に身を預ける。

「……わたしだけなら、もう、十分に幸せです」

ぽそりと呟かれた言葉にリュートはシルフィアを見たが、ほとんど隙間のない距離から見えるのは赤く染まった耳の先だけだ。

「神殿にいたときから……幸せだったのです。リュート様のお姿を見られるだけで」

「――……」

リュートにとってみれば、はじめて告げられたことだ。神殿に閉じ込められ、満足に食べるものも与えられなかったシルフィアの支えのひとつが自分だったなど。

胸の奥底を握られたような気持ちになって、まわした腕に力がこもる。

驚いて顔をあげたシルフィアが見たのは、めずらしく照れた様子のリュートの顔。

赤い頬と対照的な青い瞳が、シルフィアをとらえた。


控えの間でそわそわと声がかかるのを待っていたセラスは、「セラス……」と弱々しい声が届くやいなや飛びだしていき、緊張で疲れ果てたらしいシルフィアをソファに座らせた。

ふたりきりの時間を満喫したリュートはすでに政務へ去ってしまったようだ。

「一生分ドキドキした気がするわ……」

こんな生活がこの先ずっと続くなんて耐えられる気がしないと、まだ動悸の収まらない胸を押さえながらシルフィアは思う。

「それで、どうでしたか、リュート様の反応は」

「き、きれいだと、言ってくださったの」

「そりゃそうです！」

当たり前だと頷くセラスに照れ笑いを浮かべたシルフィアは、両手にクッキーを持ってテーブルの上を飛びまわっている精霊たちを見て頬をゆるめた。

「ありがとうございます、ティティア様。ティティア様が魅力を増す加護をかけてくださったから、リュート様にも褒めていただきました」

嬉しそうなシルフィアに、ティティアはいつもの真顔でクッキーをほおばりつつ、

『まあ、そんな加護はかけてないけれどね』

「え⁉」

『あの呪文、わけがわからなすぎて気が抜けるのよね。だから花を咲かせるのが精いっぱいなの』

『ぼくはあの呪文大好きだからたくさん力が出るけどなあ』

「‼」

シルフィアの顔が今日一番に赤く染まった。ティティアの言わんとすることがわかったのだ。その隣で、ヴァルティスは首をかしげている。

『わたしたちの力がなくともリュートの反応は変わらないわよ。自信を持ちなさい』

「……‼　……‼　……‼　……あ、ありがとう、ございます……」

何度も口をぱくぱくとさせ、やっとの思いでシルフィアが絞りだせたのはそれだけだった。

三

北の風が冷たさを増す季節。国境沿いの城郭都市のひとつベルニアにも、冬の気配が近づく。普段ならば曇りがちな空に憂鬱な気分になる時期だが、今年にかぎっては街は活気に満ちていた。

新国王の戴冠式を前に、王太子および王太子妃がベルニアを訪れるからであった。

国防の要であると同時に交易地でもあるベルニアは、領主が新しくなってからというもの、さらなる発展を遂げていた。

聖女が国を巡り豊作を祈ったことで、農作物の流通量が増した。それらを時には加工を施して隣国に輸出し、ベルニアの商人たちは莫大(ばくだい)な利益を得た。新たな市が立つようになり、発展はさらに続く。

新領主は、まだ北端の地まで聖女の噂が届かぬころから食料の増加を見込み、倉庫の改築や新規工房の開店を急がせると同時に、手に入れた利益の一部を近隣領の農地改革に充てた。食料品の加工と輸出で発展している以上、商人たちから批判は出ない。

こうして周辺地域を巻き込み、いまやベルニアは王太子がはるばる視察にやってくるほどの都市になったのである。

唯一の不可思議といえば、新領主の素性を知る者が誰もいないことだ。前領主の親戚というわけでもないらしい。彼がどのような伝手でここへやってきたのか、なぜ短い期間で手腕を発揮できたのか、若くして気品あふれる表情にもの憂げな色が滲むのはなぜなのか——その謎を解き明かすことができる者はいなかった。

領主邸宅の応接間で、リュートとシルフィアはそのベルニア領主と対面していた。シルフィアは聖衣ではなく、妃としてのドレス姿である。

深々と腰を折る領主の顔は見えない。

「王太子殿下、王太子妃殿下におかれましては——」

「堅苦しい挨拶はやめてください、兄上」

朗々と続こうとした挨拶が遮られた。

手ずから運んできた葡萄酒の瓶を持ちあげて見せると、リュートは眉をさげる。

「酒を、持ってきました。お祖父様がくださったのです。兄上が生まれた年に仕込まれたものだそうです」

顔をあげたアントニオはにやりと笑った。

「ずいぶんと早く約束を果たしに来たな」

「兄上の評判は王都まで届いていますから。北の守りは鉄壁だと」

「……経済に関しては、ロシオのやつに言われたとおりにしたまでだ。それに、豊作になるとわかっていれば投資は難しくない」

拗ねたような物言いにリュートとシルフィアはほほえむ。アントニオがシルフィアの力を信じたからこそ、ベルニアの街はいち早く発展し、周囲の経済を牽引する存在となったのだ。

「今日はあいつらはいないのか」

「ヴァルティス様とティティア様は、ロシオさんといっしょに南の神殿です」

すっかり精霊たちと親しくなったロシオは、商人という立場を活かして神殿の復興に励んでくれている。その旅の途中にベルニアに立ちよることがあれば、アントニオに情勢を伝えてもいるのだ。シルフィアの立場を巡って神殿で対峙した相手だが、それだけに放っておけないらしい。

表立ってアントニオとやりとりのできないリュートやシルフィアは、ロシオの行動に感謝していた。

「ヴァルティス様やティティア様が、アントニオ様からの祈りを受けとったと」

シルフィアが言うと、アントニオは目を見ひらいた。

すぐに目を細め、眉を寄せた表情は、怒っているようだったけれども、それが照れから来るものであることは誰の目にも明らかだった。

「いつまでも貧乏領地じゃ困るから、祈っているだけだ」

これほど発展したベルニアを指してその言い訳が苦しいことは、アントニオ自身もわかっている。

――アントニオったらね、領民が元気で暮らせますようにって！　ベルニアの周りの村にも行ってるみたいだよ。この前はヨーグルト供えてくれた！

うきうきと語っていたヴァルティスを思い出しつつ、それを言えばアントニオは余計に恥ずかしがるだろうから、シルフィアは口をつぐむ。

――そうそう、それからね、アントニオの祈りはもうひとつ……。

ティティアの言葉もよみがえり、シルフィアはちらりと背後のふたりに視線を向けた。

リュートとシルフィアから少しさがったところに、ローブをまとった人物が立っている。

「さあ、この酒は兄上のものです」

リュートがさしだした酒瓶を受けとり、刻印された製造年に一瞬だけ目を細めたあと、アントニオは苦い笑みを浮かべた。

「俺の生まれを祝ってくれる者などいないというのに、お祖父様も人が悪い。ひとりでは飲みきれんぞ、こんなものは」

「ご相伴にあずかりましょう」

リュートはほほえむ。

「それに、私たちふたりだけではないのです」

アントニオは、リュートとシルフィアの背後に立つふたりの従者に目を留めた。いや、従者ではないのだろう。ひとりはまだ幼さの残る少女だし、もうひとりは御前であるにもかかわらず頭まですっぽりとローブをまとい、杖（つえ）をついている。わずかに覗く杖を握る指先は細く女だとわかるが、煤けたように薄汚れていて。

訝しげに視線を向けたアントニオに、シルフィアが口をひらいた。

「こちらのおふた方を、ベルニア領で預かっていただけないかと思いまして。療養のためには自然の豊かな土地で暮らすのがよいでしょうから……」

「それはかまわないが、北部は冬が厳しいぞ。雪もある」

「やはり王都では、どうしても」

含みのある言い方にアントニオの視線がふたたびローブの女を見る。シルフィアも彼女をふりむいた。

女は痩せた手をあげると、ローブを脱いだ。

アントニオの目が見ひらかれる。

「——マリリアンヌ」

「お久しぶりですわね」

マリリアンヌのその後を、アントニオは聞かされていなかった。逃げきれたのかと想像することもあったが、精霊の手からは逃れられまいとも思っていた。その場合に彼女に待っているのはどんな罰なのか——。

最後に彼女の手を振り払ってしまったあの日の光景は、ことあるごとにアントニオの記憶によみがえり、心をざわつかせた。領民たちの平穏を祈るとともに、マリリアンヌの無事を精霊へ願っていたのは、自分のために罪悪感を拭いたかっただけかもしれない。

目の前にいるかつての婚約者は、アントニオが思うよりもずっと過酷な罰をくだされたのだとわかった。あれほど誇っていた美貌は、今はただ名残を見せるだけになり、それがいっそう残酷だった。

「バカな真似をいたしましたの。あたしにはもうなんにも残っておりません――ただこの子だけ」

枯れた声でマリリアンヌは笑い、そばの少女をひきよせた。

彼女の言葉がふたたびアントニオを驚かせた。

すでにマリリアンヌは、自らにふりかかった現実を認めたのだ。ただ生まれつきの幸運の上に胡坐をかき、欲に溺れ、自分の見たいものだけを見、聞きたいことだけを聞いた――その過去を認め、罰を受け入れた。そのうえでアントニオを頼ろうとしている。あのマリリアンヌが。

「傷を舐め合う相手は、お互いしかいないでしょう、あたしたち？」

自分の愚かさを心底わかり合える相手は。

泣きだしそうな顔で笑うマリリアンヌを、アントニオは思わず抱きしめた。

酒宴の支度ができたことを執事が告げにきたとき、リュートはシルフィアをふりむき、部屋にひとり残るという彼女をもう一度見た。

「本当にいいのか？」

「はい。マリリアンヌ様もミナとすごされるとのことです。ご兄弟でつもるお話もおありでしょうから」

自分がいてはできない話もあるだろう。マリリアンヌも同じように考えたのだ。

笑顔を返すシルフィアへ、リュートは歩みよると、やさしく抱きしめた。

「ありがとう。兄上との約束が果たせたのは、シルフィアのおかげだ」

「そんな……」

恥ずかしそうに視線を伏せるシルフィアの額に、リュートはキスを贈る。

「では、行ってくる」

「はい。行ってらっしゃいませ」

執事のあとに続くリュートを見送り、ドアを閉めると、シルフィアは窓辺に据えられた椅子に身を預けた。

窓からはベルニアの街が見下ろせる。

宵闇の近づく街は、けれどもまだ活気を失っておらず、大通りにはたくさんの店の灯りが瞬いていた。仕事を終えたのだろう家族が笑い合いながら食堂へと入っていく。

（リュート様とアントニオ様の時間がよいものになりますように……マリリアンヌ様がこの街で健やかに暮らせますように……この街の人々がいつまでも笑顔でいられますように……）

それから、この楽しげな空気がヴァルティスとティティアにも伝わりますように、とシルフィアは祈った。

四

　王太子妃となってからもシルフィアは、機会があれば王都から出て領地をまわり、打ち捨てられていた各地の神殿を復興した。

　復興にはシルフィアに救われた人々が関わった。

　ハーヴェスト家は、貴族にとりたてようというリュートの誘いを断り、以前のつつましい暮らしを続けながらフローラ率いる子どもたちといっしょに王都の神殿を守っている。

他国からも人の訪れるようになった神殿は毎日大賑わいで忙しい。

　神殿には色とりどりの花が咲き乱れるようになった。精霊の加護を受けた神殿に捧げられた花は、長く枯れず、たった一輪から多くの蕾をつけて花ひらく。その奇跡を見ようと人々はこぞって花で神殿を飾った。

　クリスとエドはすっかり気が合ったようだ。

「精霊御用達（ごようたし）のレーズンクッキーをたくさん作ってだな、参拝客に売るんだよ」

「うんうん。ニケの作るクッキーは絶品だからね」

「えへへ、心を込めて作ってるのよ」

　クリスに褒められたニケはクッキーを抱えたままにっこりと笑う。

「おれもレーズンだけは入れてるんだぞ」

神殿の隅でひそひそと語り合うクリスとエドの頭上に、太った影が現れる。

「その儲け話、わたしも一口嚙ませてくれませんか？」

「ロシオ！」

「儲け話じゃないぞー！　売上は神殿の増築に使うんだ。広場も整備しないと……なんせこの神殿――」

言いかけたエドの声は、神殿内を吹き抜ける涼やかな風と、その風に乗って届く声のせいで途切れた。

『クリスーッ！　エドーッ！　ニケーッ！　遊ぼ～～～～!!』

参拝のために詰めかけていた人々から歓声があがる。大騒ぎになる周囲を気にもとめず、ヴァルティスとティティアが一直線に宙を飛んでくる。

「……なんせこの神殿、精霊が毎日のように遊びにくるんで、参拝客が外の広場まであふれても入りきらねえ」

しかもどうやら今日は、リュートとシルフィアもいっしょのようだ。精霊たちがすぎ去ったあとも広場の興奮がおさまらない。

ならば、セラスも同行しているに違いない。頬を赤らめるエドにクリスは笑った。

「いいかげん素直になればいいのにさ。セラスが王宮にあがって余計にかわいくなったもんで、緊張してうまく話せないなんて」

「うるさいな！」

「あ、ほら、来たぞ」

人垣が割れ、リュートとシルフィアが現れる。ふたりの背後にはすました顔でセラスが控えている。クリスの言うとおり、身なりや物腰が洗練されてゆくセラスに気後れしてしまっているのはたしか。

セラスのほうはそうした変化には無頓着で、シルフィアから許しをもらうとすぐにエドのもとへと駆けよってくる。

「おい、ニケがクッキー焼いたんだよ。食うか？」

『食う食う～～～っ!!　やった～～っ!!』

ぶっきらぼうに尋ねれば、予想とは違う方向からよろこびの応えが返る。

「ちがっ、ヴァルティス様じゃなくて……！」

「おいとか言うからだよ、エド」

「クッキーいっしょに食べるか、……セラス」

『ええ、いただくわ。ありがとう』

「だからセラスだって言ってるじゃないですか！」

「食べるわ、エド。ちょうだい」

仲間たちと精霊の騒がしいやりとりをセラスは腹を抱えて笑っているが、その意味には気づいていないようだ。赤くなりながらクッキーを渡してやるエドの気持ちにも。

「はあ、シルフィア様は今日もすてき。わたしにもリュート様みたいな王子様が……」

頬を染めてほうっと息をつくセラスにエドがしかめ面になった。

「まだ言ってるのかよ。セラスには王子様なんて柄じゃないだろ。た、たとえば――」

「失礼ね！」

名乗りをあげる前にそっぽを向かれ、エドは情けなく眉をさげた。

『人間って面白いねえ、ティティア』

『そうね、数年で見違えるほどに変わっていくわ』

ドレス姿にも慣れてきたシルフィアは、リュートの腕をとり、ほほえみをたたえて歩いてくる。集まった人々は口々にリュートとシルフィアの名を呼び、手にした花をシルフィアに捧げた。シルフィアの手元は花でいっぱいになっている。

「まるで結婚式みたい」

また憧れの視線を向けるセラスにエドが何か言いたそうにしているものの、その想いが声になることはなく、クリスとニケが肩をすくめて首を振っている。

『ぼくずっとずっとここにいたいな』

『めずらしく意見が合うわね。わたしもよ、ヴァルティス』

リュートと視線を交わし合い、はにかみながら集まった人々へ手を振るシルフィアの幸せそうな笑顔を眺め、精霊たちは頷き合った。

シルフィアの想いは長く受け継がれ、精霊たちは聖女のいない国にとどまり続けた。

精霊と人間の橋渡しをする存在、そんな夢を、シルフィアは叶えたのである。

国王に即位したリュートの善政もあり、国は栄え続けた。

やがていつかエルバート王国は、精霊に守られ、花とおいしい食事を愛する民のいる国として名を馳せ、他国の人々をもとりこにしたという。

大規模な改革を行った最後の聖女シルフィア・ハーヴェスト——以前の彼女が〝お飾り聖女〟と呼ばれていたことを知る者は、今はもういない。

おまけ

精霊は縁結びを願われる

とある森の外れで、ひとりの少女が両手を握り合わせ、一心に祈っていた。

「ヴァルティス様、ティティア様。どうかわたしと彼を、恋人にしてください……！」

少女の前には平たい大きな石があり、その上にミルクとパンが置かれている。

がさりと背後で音がして少女はふりむいた。茂みががさがさと揺れている。何か大きな獣が動く気配に少女は慌てて立ちあがり駆けだそうとするが、遅かった。

ぬっと姿を現したのは、少女よりも大きな体軀を持つ狼。

グルルル……と威嚇の唸りをあげ、狼は縄張りを荒らす不届き者を睨みつけた。身を伏せたかと思えば、次の瞬間には少女に躍りかかる。

「きゃ――」

足がすくみ逃げることもできない少女の、悲鳴すら途切れたそのとき。

『こらあああああっっ!!』

「キャインッ！」

突然、目の前に現れた小さな赤い何かが、怒鳴り声を発して狼を怯えさせた。気配も匂いもなかった存在の出現に獣は驚き、飛び跳ねるようにして茂みに逃げ戻る。来たときよりも早く葉擦れの音が遠ざかるのを聞きながら、少女はぽかんと口を開けて目の前に浮かぶ存在を見つめた。

『危なかったね。様子を見にきてよかった』

『こんな人気（ひとけ）のないところで食べものを出してちゃだめじゃない』

小さな身体に、目や肌まで朱蒼に染まった、明らかに人間とは一線を画する外見。

「ヴァルティス様……ティティア様……？」

『そうよ。あなたはわたしたちに祈ったでしょ。それが――』

ティティアの話を聞き終わらないうちに、呆気にとられていた少女の目は徐々に輝き、頬は紅潮する。

「うわあ！　すごい！　本当にいるんだ！」

村から出たことのない彼女にとって、精霊とは憧れの存在だった。王都の神殿に詣でたことがあるという大人たちの話を聞いては、いつか自分もと願っていたものだ。

興奮しきった少女は手をぎゅっと組み合わせると、ヴァルティスとティティアに向き合った。

「わたし、好きな人がいるんです。お願いします！　彼の恋人にしてください！」

『……えーと、その前にまずね？』

『めずらしいわね。ヴァルティスが圧（お）されてる』

『気を使ってるの！　まだ小さい子じゃないか。夢を壊さないように……』

少女は首をかしげた。見た目だけで言うなら、精霊たちのほうがずっと幼く見える。

ヴァルティスはしばらく顎に手を当てて悩んでいたが、結局諦めたのか、

『ぼくたち、恋の祈りは聞き届けられないんだよ』

と単刀直入な説明を披露した。

『最近こういう祈りが増えててさ。でもぼくらができるのは自然に生命力を与えることで、人間の感情をどうこうはできないんだ』

『瘴気を祓うことならできるけどね』

「えっ！　エルバート王国の精霊は縁結びの精霊なんじゃないんですか⁉」

『大地と天空の精霊よ』

「じゃあわたしの恋はどうなっちゃうの～～？」

あっさりと言われ、少女は頭を抱えた。

「やっぱりみんなの言うとおり、うまくいくわけないのかなあ。うちは田舎の農家だし、王都住まいの彼とは釣り合わないのかも……」

周囲からも色々と言われたのだろう、思い出した少女の目にはうっすらと涙が浮かぶ。

そんな様子を見ていたティティアは、思いついた顔になって、ヴァルティスを肘でつついた。

『わかったわ。人の感情自体を変えることはできないけれど、あなたを応援してあげる』

『えっ？　あ、そっか』

心得たと頷くヴァルティスは両手を振りあげ、くるりと空中で回転したかと思うと、

『ペロリンポンの〜〜〜〜、ぷいっ!!』

ふわりと吹いた風が少女の髪を揺らした。まるで見守っているよと言っているような、柔らかくてやさしい風。

心に重たくのしかかっていた言葉たちが洗い流されていくように消えた。

あるのはただ、相手を想う気持ちだけ。周囲から何を言われても、その想いだけは偽りようがないのだ。

「……そうだ、弱気になってないで、彼に会いにいこう。わたし、それだけで幸せなんだもの」

少女は顔をあげ、にこりとほほえむ。

「それ、恋の呪文ですか？」

『ううん、ぼくに気合が入るだけ』

「？」

少女は首をかしげていたが、すぐに気をとり直し、決意のこぶしを握った。

「わたし、想いを伝えます！」

『うん、がんばれー』

「ありがとうございました！　あ、よければパンとミルクはどうぞ！」

手を振り、走り去っていく少女を見送りながら、ヴァルティスとティティアは言われた

とおりパンをほおばり、ミルクを味わった。

『あの子、シルフィアに似てたね』

『ええ、だからきっとうまくいくでしょう』

神殿に閉じ込められ、粗末な扱いを受けながらも、リュートに会えることを楽しみにしていたシルフィア。その素直な健気さは精霊にも届いたしリュートの心も動かした。

『あ』とヴァルティスは声をあげ、空を見上げる。ティティアも気づいたように晴天を仰ぎ見た。

『シルフィアが祈ってるね』

『ええ。行きましょうか』

そう言って、朱と蒼の精霊の姿は、やってきたときと同じようにふっと見えなくなった。

執務室で政務に励んでいたリュートは、不意に顔をあげた。

シルフィアの気配を身近に感じたような気がしたのだ。

一週間ほど前からシルフィアは精霊たちを連れて王都周辺の街や村をまわっている。種まきの春の時期には各地で祭りが行われるので、それに合わせて加護を祈りに行くのだ。

シルフィアが戻るのは早くとも今日の夕暮れ。まだ帰路にもついていないはずだが、勘違いというわけでもない。

（私のことを祈ってくれているのだろう）

国王という重責にあるリュートのために、シルフィアはたびたび精霊に加護を祈ってくれる。最初のころはそれに気づかずヴァルティスに怒られもしたが、最近ではわかるようになってきた。

心にあたたかな感情が満ち、思考が晴れて、悩んでいた判断も道すじが見えてくる。

今も、外交に新たな選択肢が浮かんだ。

そんなときはリュートもシルフィアのことを考え、彼女のために祈りを捧げた。

（ありがたい。シルフィアはいつも私を助けてくれる）

それが彼女の真心から出るものであると理解しているからこそ、いっそうリュートも善政を敷かねばと思う。

目を閉じればシルフィアの笑顔がまぶたの裏に映る。

（早く会いたい。抱きしめて、寄り添いながら旅の話を聞きたいものだ）

たった一週間のことなのに、離れている時間はやはりどこか切なさをおびている。リュートの心を慰めるかのように、そよりとやさしい風が吹いた。

ため息をつき、目を開け――、

「！　ヴァルティス様、ティティア様」

いつの間にか現れていた精霊に、リュートは小さな驚きの声をあげた。

ヴァルティスとティティアは大きな目でリュートの顔をまじまじと覗き込んでいる。

『あのね、シルフィアがね』

「シルフィアが？」

何かあったのだろうかと不安が胸をよぎったが、ヴァルティスの態度からしてそうではないらしい。

『今から帰るから。寂しいから、早く会いたいって！』

「⁉」

告げられた言葉にリュートは思わず口元を押さえた。それはついさっき、彼自身が願っていたことと同じ。

じわじわと頬が熱くなる。

「それを伝えるために来てくださったのですか？」

『うん！』

『まあシルフィアは止めていたけれどね』

『えっ、そうだったの⁉　ぼく聞いてなかった……』

その光景は容易に想像がついた。きっとシルフィアはリュートのために祈りを捧げたあと、ほんの少し、本音をこぼしてしまったのだろう。それをヴァルティスが伝えに行ってしまい、今ごろ顔を真っ赤にして待っているに違いない。

『えーっ、じゃあ早く戻らなきゃ！　バイバイ、リュート！』

のだった。

その自在な移動にわずかな羨ましさを覚えつつ、リュートはふたたび書類に向き合った

今度こそ王宮を去っていった。

トは耳打ちする。『オッケー！』と元気よく答えたヴァルティスは、ティティアとともに、

入ってくるときに開けたのだろう窓から飛びだそうとする精霊たちを呼び止め、リュー

「お待ちください。私からもシルフィアに伝えてほしいことがあります」

『またあとでね』

『ねーっ！　リュートもね、早く会いたいってー！』

颯爽と空を横ぎって現れた精霊の、開口一番の大音声に、シルフィアは卒倒してしまい

そうなほど顔に血をのぼらせた。

一週間かけて王都周辺を巡り、最後の村で帰り支度をしていたシルフィアは、リュート

への加護を祈りながら、ついうっかり考えてしまったのである。

（こんなに短いあいだでも、リュート様がいらっしゃらないと寂しく思ってしまうわ。早

くお会いしたい）――と。

気づいたときには、『もう帰るってリュートに伝えてくるね！』と飛びだしたヴァルティ

スの背中しか見えなかった。

「あ、ありがとうございます、ヴァルティス様、ティティア様……」

真っ赤な顔で声をふるわせ、それでも礼を口にするシルフィア。

見送りに出ていた村人から護衛の面々まで、周囲の者たちはシルフィアの照れが移ったかのように顔を赤らめている。

国王と王妃の、そうとは思えないほど初々しく仲睦まじい様子は、人々の憧れにもなっていた。

近ごろ王都では、ヴァルティスとティティアが縁結びの精霊であるという噂がまことしやかに囁かれている。

実際、リュートとシルフィアを結びつけたのは聖女という役割や精霊の加護を広めるための祈りの旅であった。建国の伝説でも、精霊は初代国王と王妃が出逢うきっかけとなっているため、それも精霊の働きなのだと解釈をする人間が増えてきたらしい。

『こういうことをしてるから縁結びの精霊だと思われるのよね……』

ティティアのもっともな呟きは、残念ながら誰の耳にも届かなかった。

王都の出入り口となる大門、その周辺は喧騒に包まれていた。

「シルフィア様！」

馬車の外から慌てたセラスの声が聞こえ、シルフィアは窓から顔を覗かせる。

「あちらの馬車にお乗り換えを！」

「どうしたの？」

王都についた途端に馬車を換えるとは、と不思議に思いながら馬車を降り、シルフィアは目を見ひらいた。

示された馬車は王家のもので、その前に立っているのはリュートだ。

「シルフィア！」

「リュート様⁉」

シルフィアの姿を見つけたリュートはほころぶような笑顔を浮かべ、駆けよった。

「あんな伝言を聞いたらいてもたってもいられなくなってね。早めに政務を終わらせて迎えにきたんだ」

「あれは、伝言ではございません……」

「わかっているよ」

リュートはくすくすと笑い、頬を染めるシルフィアを抱きしめた。

「早くこうしたかったんだ。……たった一週間なのにね」

耳元で囁かれて、恥ずかしくてたまらない。

突然現れた国王の姿に、周囲には人垣ができている。こんなところで、と思うものの、抗うこともできない。

シルフィアだって、早くリュートに会いたかった。

「さあ、帰ろう。話を聞かせて」

すぐにリュートは身を離した。途端に寂しくなって、思わず引き留めるように手を握ってしまう。

その手をとり、うやうやしく口づけて、リュートはシルフィアをエスコートする。

リュートとともに馬車に乗り込むシルフィアを、集まった人々は歓声で見送った。王都の人々にとっては、シルフィアの帰還も嬉しいが、互いを大切に想い合っているふたりを見ることもこの上ないよろこびなのだ。

「まだ夢のようなのです。こんなに幸せでいいのでしょうか」

「幸せにすると誓ったんだ。そうでないと私が精霊に怒られる」

ゆっくりと動きだした馬車の中で、シルフィアとリュートは手をとり合い、互いにほほえみ合った。


お飾り聖女のはずが、真の力に目覚めたようです／完

あとがき

こんにちは。杓子ねこと申します。

『お飾り聖女のはずが、真の力に目覚めたようです』をお読みいただき、ありがとうございました！　楽しんでいただけたら幸いです。

ありがたいことにマッグガーデン様から小説を出させていただくのは二シリーズ目になりまして、今作は前作『ベタ惚れの婚約者が悪役令嬢にされそうなので～』とはガラッと変わった雰囲気になりました。

私にしてはシリアス寄りだったり、これまでのあまり書いたことのない聖女ものだったりと違いは色々ありますが、自分で一番違うと思うところは、ヒーローです！！

私の書くヒーローはいつもポンコツな一面を持っているのですが、リュートは完全なスパダリを目指してみました。おかげで書くのが難しくて、一時は「スパダリってなんだろう…」と宙を見つめたりしていました。

少しでも「かっこいいな」と思ってもらえたら嬉しいです！

素敵なイラストはボダックス先生にご担当いただきました。女子キャラはかわいく、男子キャラはかっこよく描いていただき、感謝の気持ちでいっぱいです…！　イラストからは確実にリュートのかっこよさが伝わるんじゃないかと！
表紙も青空の下でとっても爽やかに仕上げていただきました。シルフィアの笑顔も、精霊たちもかわいいし、口絵や挿絵のアントニオとマリリアンヌもイメージぴったりで、イラストが届くのを楽しみにしていました。

また、帯にもありますように、本作『お飾り聖女』はコミカライズ企画も進行中です！お見かけの際はぜひ読んでやってくださいませ。
（ちなみに前述の『ベタ惚れの婚約者が～』もコミカライズいただいていて、今ちょうどミニ邪竜が出てきているところで、「私、ヒロインの横にふわふわ浮いてるミニキャラが好きなんだな…！」となりました。笑）

最後に、いつも展開の悩みを聞いてくださり、色々お話をしてくださる編集さん（私の「スパダリってなんだろう…」を聞かされた人）、ありがとうございます…！
そして読んでいただいた読者の皆様に、大きな感謝を！

ではでは、またどこかでお会いできると嬉しいです。

令和五年四月吉日　杓子ねこ

お飾り聖女のはずが、真の力に目覚めたようです

発行日　2023年5月25日 初版発行

著者 杓子ねこ　イラスト ボダックス

©杓子ねこ

発行人　保坂嘉弘
発行所　株式会社マッグガーデン
〒102-8019　東京都千代田区五番町6-2
ホーマットホライゾンビル5F
編集 TEL：03-3515-3872　FAX：03-3262-5557
営業 TEL：03-3515-3871　FAX：03-3262-3436
印刷所　株式会社広済堂ネクスト
装　幀　小椋博之、佐藤由美子

本書は、「小説家になろう」(https://syosetu.com/) 作品に、加筆と修正を入れて書籍化したものです。

本書の一部または全部を無断で複製、転載、複写、デジタル化、上演、放送、公衆送信等を行うことは、著作権法上での例外を除き法律で禁じられています。
落丁本・乱丁本はお取り替えいたします（着払いにて弊社営業部までお送りください）。
但し古書店でご購入されたものについてはお取り替えすることはできません。

ISBN978-4-8000-1318-7 C0093　Printed in Japan

著者へのファンレター・感想等は〒102-8019（株）マッグガーデン気付
「杓子ねこ先生」係、「ボダックス先生」係までお送りください。

本作品はフィクションです。実在の人物・団体・事件等には一切関係ありません。